10|18

12, avenue d'Italie — Paris XIIIe

SARAH

PAR

J.T. LEROY

Traduit de l'américain
par Francis KERLINE

10|18

« *Domaine étranger* »
dirigé par Jean-Claude Zylberstein

DENOËL

Titre original :
Sarah

© J.T. Leroy, 2000.
© Éditions Denoël, 2001,
pour la traduction française.
ISBN 2-264-03610-9

Pour le Dr Terrance Owens

À Sarah

À Denis

Glad tient l'os de raton laveur au-dessus de ma tête comme une auréole.

— J'ai un petit quelque chose pour ta protection, il me dit en se penchant vers moi, tellement près que je peux pas m'empêcher de mater les taches brunes qu'il a sur la peau de sa figure toute blanche.

Y a des gagneuses qui arrêtent pas de le chambrer avec ça :

— Glad, qu'elles disent, t'as divisé ton champ de cancer en parcelles pour en faire profiter la collectivité ?

Mais, en vrai, je sais ce que c'est, moi. Glad me l'a expliqué lui-même. C'est parce qu'il a du sang choctaw. C'est pour ça qu'il connaît des tas de trucs de guérisseur. Et c'est pour ça que c'est un bon mac pour une gagneuse de parking.

— Ces taches de brun, c'est mon côté indien qui ressort, il me dit devant un breakfast spécial routier (une montagne d'œufs hollandaise et une pile de pancakes

7

aux kakis épaisse comme une bible) au Doves Diner, le restau de l'aire de repos.

Je sais qu'il veut que je travaille pour lui. Son écurie est connue pour être la meilleure de tout le pays. Ses pouliches sont pas obligées de racoler à l'entrée du parking des camions comme les autres filles du métier. C'est les routiers qui prennent rendez-vous, des fois plusieurs mois à l'avance. Tous les travelos de Glad sont sapés comme des princesses, dans de la soie fine de Chine, de la dentelle chic de France et du cuir dégénéré d'Allemagne. Si vous remarquez pas qu'ils portent un os de pénis de raton laveur autour du cou, et si vous savez pas ce que ça veut dire, vous pouvez jamais deviner que c'est des mecs. La plupart de ses garçons sont soit des fugueurs qui essaient de se faire un peu de thune avant de se barrer un jour ou l'autre avec un routier, soit ils sont comme moi, ils ont de la famille qui travaille sur le parking principal. Personne n'embête les gars de Glad. Y a des gagneuses qui racontent que c'est parce qu'il file du fric à tous ceux qui auraient quelque chose à redire. Sarah, elle prétend que c'est parce que les routiers anciens taulards ont toujours droit à des gars de premier choix et que les flics voudraient pas déclencher une émeute en les privant de leurs doux souvenirs du pénitencier. Mais je sais bien que c'est à cause de la bite de raton.

Il la tient au-dessus de ma tête.

Je me penche pour l'aider à me mettre le cordon en cuir autour du cou. Faut voir comment ils friment au restau, avec leur queue de raton, les gars de Glad. Ils la palpent en crânant devant la serveuse et ils paient jamais la note. Quand elle va annoncer leur commande, je l'entends qui dit :

— C'est pour les deux de Glad, là-bas, avec le cure-dents d'abominable homme des neiges.

Et la note arrive jamais.

Les filles disent que c'est normal, que Glad leur paie la tortore comme n'importe quel julot. Sarah dit que non, que c'est parce que les serveuses sont toutes amoureuses en douce de Glad et de ses garçons, alors elles les font pas payer. Mais Glad dit que c'est pas vrai.

— Elles savent que le plus gros de leur chiffre d'affaires vient des michetons affamés qui ont l'appétit aiguisé après une visite chez mes garçons, il m'explique, donc elles les bichonnent pour qu'ils leur amènent des clients bien frétillants avec le pourliche facile.

En ajustant le collier sur mon pull noir, il me dit :

— Ça, c'est mieux qu'une plaque de flic.

Je savais qu'il allait me donner mon os aujourd'hui, alors j'ai emprunté un pull noir à Sarah.

— Paraît que tu vas être ossé aujourd'hui, elle m'a crié depuis la salle de bains de la petite chambre de motel qu'un de ses réguliers, un transporteur de haricots verts, paie pour elle.

Je savais qu'elle était en train de se baquer dans la douche.

— La piaule est peut-être pas chère et la passe non

plus, j'en ai rien à foutre, quand on est une femme, on a besoin de prendre un bain, pareil qu'un mineur de charbon.

Elle avait bouché la bonde avec des serviettes hygiéniques mouillées et entassé des serviettes-éponges sur le pourtour du bac pour ajouter trois ou quatre centimètres de rebord, et elle pataugeait dans la flotte pendant que la douche coulait, pelotonnée dans un coin comme une orpheline dans une inondation.

— Toi aussi, tu verras, tu feras tremper ton petit cul là-dedans quand Glad t'aura mis au turf.

J'ai fouillé dans sa petite valise en plastique qui est toujours à moitié pleine et je lui ai chouré son pull noir. Je l'ai appuyé contre ma figure pour respirer son odeur familière de cigarettes froides et d'alcool à travers le déodorant.

— T'as pas intérêt à me piquer ma jupe en cuir! qu'elle a gueulé par-dessus le bruit de la douche.

Je me suis collé contre la porte en contreplaqué de la salle de bains et j'ai crié :

— J'y vais en garçon!

Elle s'est mise à rigoler, genre «compte là-dessus et bois de la flotte». Alors, j'ai filé un coup de pied dans la porte, mais plus fort que je croyais, et j'ai eu peur de péter un gond.

Ça l'a fait marrer.

— Tu peux y aller, va, t'es pas le premier à cogner dans cette porte.

J'étais content qu'elle me coure pas après pour me foutre une tannée, mais en même temps vachement vexé qu'elle me prenne pas au sérieux. J'ai pensé : c'est parce qu'elle est en train de mariner. Je sentais l'odeur de talc de son bain moussant et je bichais déjà en pensant que, moi aussi, quand je rentrerai après une longue nuit d'amour avec les routiers, j'aurai mérité mon bain. Elle me laisse jamais utiliser sa mousse.

— T'auras qu'à t'en acheter toi-même quand tu gagneras ton fric, elle me dit toujours quand elle me voit tripatouiller le flacon avec des petits culs de bébés tout nus en photo sur l'étiquette.

— Quand je rentrerai, j'aurai ma propre mousse ! j'ai crié à travers la porte.

— Et laisse les clés ici tant que tu m'auras pas payé la moitié du loyer.

Là, elle a élevé la voix. Ça m'a fait plaisir et peur en même temps. J'ai raflé le pull noir, j'ai ouvert la porte d'entrée, puis je suis revenu vers la porte en contreplaqué et j'ai dit aussi fort que je pouvais sans crier :

— Tu la paies même pas toi-même, la chambre, mais puisque je vais gagner plus que toi EN GARÇON, je te tape un peu de monnaie.

Et puis je me suis calté. Je l'ai entendue sortir de la flotte avant que j'aie fini. J'ai claqué la lourde et je me suis même pas retourné une seule fois.

Glad ajuste bien mon os et me dit :

— Ah, ça en jette, sur ton pull noir.

Je me tourne pour me regarder dans la vitre et je le vois, là sur moi, jaunâtre comme des dents de chiqueur. Depuis le temps que je rêvais de promener mes doigts sur ses courbures !

— C'est une forme qui m'a toujours fait penser à une moitié de moustache gominée… mais, ce qui me dépasse, c'est comment ils font pour l'enfiler dans les parties intimes de leurs femmes, il me dit en pouffant du nez et en m'envoyant un crachotis de jus de kentucky[1] à la figure.

J'essuie soigneusement les éclaboussures de jus de kentucky. On sait jamais. J'ai entendu des camionneurs raconter à voix basse comment Glad avait assassiné quelques chauffeurs qui s'étaient mal conduits avec ses gars. À ce qu'en disent ceux qui sont au courant, ce serait avec son kentucky qu'il les aurait tués.

— Faut vraiment être un Yankee sans manières et sans amour-propre pour maltraiter un jeune gars sans défense qu'essaie de se faire un petit salaire de nuit, avait dit une fois Big Pullsman Todd devant une dizaine d'autres camionneurs, entre deux bouchées de wellington de saumon à la purée truffée.

— Les routiers yankees !

1. Succédané de café obtenu à partir des graines d'un arbre appelé «faux caféier du Kentucky». (N.d.T.)

12

Et, aussi sec, ils avaient tous glavioté dans les crachoirs fixés à cinquante centimètres de chaque côté de leurs banquettes, comme d'habitude, ce qui laissait toujours des lézardes de salive sur le lino en faux marbre, vu qu'ils rataient la cible un coup sur deux.

De temps en temps, y avait un routier qui venait s'asseoir dans le restau en se vantant d'avoir cassé de la tantouse.

Dans ces cas-là, y avait un silence de mort dans la salle, mais le mec remarquait rien. Un jour, à ce qui paraît, y avait justement un de ces nordistes qui se marrait tout seul à sa table en exhibant à son cou un os de raton d'un des protégés de Glad. Il était là à se taper des médaillons de poulet rôti Ahi et il a même pas levé les yeux quand le protégé en question s'est pointé — la figure toute bleue et toute ratatinée comme une prune qu'on se serait assis dessus — avec Glad à côté de lui. Le garçon a fait un signe de la tête en direction du Yankee et Glad l'a confié aux bras de Mama Shapiro, la taulière, dans une de ses caravanes qu'il tenait à la disposition des gars sans domicile.

Alors, tout le monde a fait semblant de se comporter normalement, en parlant même de plus en plus fort, histoire d'en rajouter pour pouvoir prétendre après qu'ils avaient jamais remarqué qu'y avait un truc pas clair dans l'air tellement leurs conversations étaient passionnantes.

Mais ils ont tous entendu la chanson. Toujours le même disque, juste au centre du juke box, avec un numéro tout ce qu'il y a de plus ordinaire : 24 B. La face A est toute rayée à force de jouer *Bad, Bad Leroy Brown*.

Tout le monde s'est vachement appliqué à pas regarder quand Glad est entré par les portes battantes, très lentement, pour aller dans la cuisine. On apercevait très bien ce qu'il faisait à travers le guichet ouvert, mais tout le monde faisait semblant de rien pendant qu'il retirait son collier en cuir pour détacher un des deux pochons identiques, en cuir aussi, qu'il porte à côté du plus gros os de raton qu'on ait jamais vu. Bolly Boy a arrêté de surveiller son gratin de nouilles au thon et a pris le pochon de Glad. Bolly, c'était un secret pour personne, était un ancien tapineur de Glad, retiré des affaires depuis qu'il était tombé amoureux d'un micheton qui avait un bahut entièrement recarrossé maison. Il avait juré d'être fidèle mais il était tellement habitué à donner du plaisir aux routiers qu'il était pas sûr de pouvoir tenir sa promesse. Alors Glad lui avait trouvé un boulot de cuistot et lui avait payé des cours de cuisine, comme ça Bolly Boy pouvait rester chaste tout en continuant à donner du plaisir et tout le monde était content. Le sous-chef de Bolly, Paxton Maculvy, était aussi un ancien de Glad, mais qui était devenu jaloux des succès de Bolly en voyant les mimiques que faisaient les routiers quand ils dégustaient ses créations.

— Jamais aucun micheton n'a roulé les yeux au ciel comme ça en me becquetant, qu'il disait en soupirant.

Alors Glad l'a envoyé à l'école hôtelière mais, du fait

qu'il savait pas lire, Paxton, il a vite été largué et on l'a recasé comme apprenti dans la cuisine de Bolly.

Le Yankee a jamais remarqué que tous les routiers suivaient Paxton du coin de l'œil quand il est allé ouvrir le couvercle du juke-box avec une clé spéciale. Si Bolly avait pas été un aussi bon cuisinier, le nordiste aurait peut-être eu une chance de détourner son attention une minute de son strudel au foie à la crème fraîche. Il aurait pu trouver bizarre que la salle devienne silencieuse tout d'un coup, quand Paxton, en tripotant d'une main son os de raton, est venu appuyer sur le bouton de la chanson 24B pour dix diffusions à la suite. Si Bolly avait été moins bon, le Yank aurait pu avoir la puce à l'oreille au lieu de fredonner inconsciemment le vieux générique de télé que jouait le juke. Il aurait pu reconnaître, comme un avertissement, comme un ioulement d'Indiens avant une attaque, le générique de *Davy Crockett*. Si la sauce du foie de veau sur le ragoût de maïs avait été un peu ratée, il aurait pu avoir l'image mentale qu'ont eue tous les autres routiers à ce moment-là : Davy Crockett avec sa toque en raton laveur. Il aurait pu décarrer en vitesse et avoir la vie sauve.

Tout le monde a sursauté quand Bolly en personne, avec sa bite de raton qui pendait presque sous le nez du Yankee, s'est penché pour poser sur sa table un soufflé aux noix de pécan et l'a fait flamber devant lui. Avant

15

que le Yank ait pu protester qu'il avait jamais commandé ça, Bolly a chuchoté de sa douce voix :

— Offert par la maison, monsieur.

Le Yank pouvait pas se douter que c'était la dernière conversation qu'il aurait jamais dans ce monde. Comme ils faisaient tous semblant de pas regarder la flambée, la tasse de café fumant que Bolly, l'air de rien, a placée à côté du soufflé est passée inaperçue. Seuls les affranchis, renseignés sur ce qu'y avait dans les pochons de Glad, savaient que c'était le café, et pas l'œuvre d'art flambée de Bolly, qui allait rétamer le Yank. Mais, encore une fois, si Bolly avait pas été aussi fortiche en pâtisserie, si le soufflé avait pas été si moelleux, si léger, si fondant qu'on pouvait pas s'empêcher de lever les yeux au ciel et de chanter des louanges, eh ben, le Yank aurait pu avoir une chance de remarquer que le café avait un goût bizarre. S'il avait été du coin, il aurait pu reconnaître que c'était un ersatz fait avec des graines de caféier du Kentucky, comme en boivent les pauvres mineurs. S'il avait été botaniste, il aurait pu savoir que, à moins d'être grillées jusqu'à obtenir une couleur brun foncé, ces graines-là sont aussi dangereuses qu'une galerie de mine avec un conduit d'aération cassé. Le Yank s'est donc enfilé le caoua, à petites gorgées pour pas gâcher les délices du dessert de Bolly. Presque aussitôt après, il a commencé à avoir des crampes d'estomac mais, comme il restait encore des noix de pécan rissolées, toutes luisantes de sucre, dans son bol, il les a boulottées avec gourmandise malgré le malaise.

Le volume des conversations est encore monté d'un ton quand le routier du nord, avec son os d'amour volé serré trop fort autour de son cou, est venu régler l'addition et a regagné son camion. Tout le monde a remarqué qu'il était plié en deux en grimpant dans sa cabine et qu'il se frottait le bide comme la lampe d'Aladin.

Le Service sanitaire et le shérif ont rendu une visite au restau peu après avoir découvert le corps rigide du nordiste roulé en position fœtale à l'arrière de sa cabine aspergée de vomi. Il était resté garé sur le côté de la nationale pendant un jour et une nuit avant que la police de la route le trouve. C'est l'os de bite de raton autour de son cou qui a fait venir le shérif, et les serviettes en papier froissées avec *Doves Diner* dessus qui ont fait venir le Service sanitaire.

Le shérif s'est mis à hocher la tête en parlant avec un des gars de Glad qui avait pas son os. Le gars, les larmes aux yeux, lui a raconté une histoire comme quoi il l'avait offert au Yankee par amour. Le Service sanitaire a commencé à ramasser des crottes de souris et des punaises en telle quantité que, à la fin, ils auraient pu s'en faire des maracas. Le shérif a essayé de consoler le pauvre garçon et lui a rendu son os. Le Service a fermé le restau pour soixante-douze heures et lui a collé une amende de plusieurs centaines de dollars. Personne a jamais remarqué que c'était Glad qui avait payé l'amende. Et personne a rien dit sur le fait connu de tous que la cuisine de Bolly était toujours impeccablement tenue et tellement propre que, quand il invitait des routiers à manger par terre, la plupart le prenaient au mot.

Jamais personne a rien dit là-dessus. Sauf à mi-voix, dans des messes basses qu'on pouvait entendre quand même si on avait une bonne oreille.

Je finis d'essuyer en loucedé les gouttelettes de kentucky sur mes joues. Je savais que Glad avait jamais maltraité aucun de ses gars, même quand il avait une bonne raison. Mais j'étais complètement incapable de faire la différence entre les deux pochons qu'il portait à son cou. Et s'il s'était gouré ? S'il avait donné à Bolly le pochon qui contenait les graines et les feuilles pas torréfiées pour faire son café personnel ?

— Tu vis en famille ? Au Hurley Motel, c'est ça ? il me demande en soufflant dans sa tasse et en m'éclaboussant de nouveau.

— Oui, monsieur, je fais en me tamponnant la figure avec une serviette.

Je sais pas ce que Sarah est censée être pour moi, alors c'est tout ce que je dis et Glad en dit pas plus de son côté.

— Je l'ai vue à l'ouvrage sur les parkings. Jolie femme. Je suis sûr qu'elle a du rendement. (Il acquiesce de la tête et moi aussi.) Les filles, surtout les jolies, les jeunes blondes, peuvent faire de belles comptées.

Je regarde encore mon os. J'espère que tout le monde

18

l'a vu me le mettre. Je pense pas que ce soit exagéré de dire que j'ai entendu une nette baisse de volume quand il l'a fait, pas aussi nette que le jour où il a dessoudé le Yankee, mais quand même, un niveau approchant.

— Je me suis laissé dire que t'étais assez mignon toi-même en minijupe de cuir.

Avant, Sarah m'habillait comme elle. Elle me maquillait. J'adorais la voir lécher son doigt et le frotter doucement sous mes yeux. Ça me faisait toujours penser à ces films sur les animaux où on voit une maman oiseau qui régurgite de la bouffe dans le gosier de son bébé et je me sentais aussi rempli que si elle avait fait pareil. Quand on allait chourave dans les magasins, c'était mieux pour moi d'y aller en fille, même si je pouvais pas être aussi joli qu'elle.

— Les filles ont plus de petits endroits pour planquer des trucs, qu'elle disait en fourrant des paquets de clopes dans ma robe et dans mon soutien-gorge vide ou des côtelettes surgelées dans ma culotte. Les hommes ne pensent qu'à les remplir avec leur propre personne. Ils se douteraient jamais de ce qu'on cache dedans, nous les femmes !

Elle se payait la tronche des gardiens qui reluquaient nos guibolles et, moi, je riais de bonheur d'être inclus dans son « nous ». Mais elle a arrêté de m'habiller, même si c'est plus facile de se débrouiller dans la vie quand on est deux filles. Plus facile quand on est assis dans un restau, en râlant à haute voix d'avoir juste de quoi se payer une salade Jell-O alors qu'on s'enverrait volontiers un baconburger, d'obtenir qu'un homme se penche vers vous en disant :

— Laissez-moi me charger de ça, mes chéries.

Plus facile de se faire inviter à passer la nuit chez un homme au lieu de pioncer dans la bagnole. Presque tout ce qu'on peut désirer dans ce monde est plus facile quand on est une jolie fille. Elle a arrêté de me laisser mettre ses fringues quand elle a vu que les hommes passaient avec trop de facilité, justement, de son lit au mien.

Mais, moi, j'ai pas arrêté. Des fois je mettais des nœuds et du gel à paillettes dans mes cheveux longs bouclés jusqu'à ce qu'ils brillent, comme ceux de Sarah. De temps en temps, quand je savais qu'elle était partie jouer sur un bateau-casino avec un micheton flambeur, je me baladais entre les camions et je faisais mine de tapiner comme une nouvelle fille, un nouveau jupon sur le marché. Je restais dans le noir et je courais si un client ou une autre gagneuse m'appelait. Je me montrais juste assez pour qu'ils se demandent qui était cette mystérieuse fille. Je pense que personne ne m'a vu assez longtemps pour savoir que c'était moi. Je me prenais pour un héros de BD, tapi dans l'ombre, avec mes talons aiguilles magiques qui jetaient des sorts. Je regardais les gagneuses grimper dans les camions et je me marrais tout seul quand la cabine se mettait à tanguer jusqu'à ce que la fille redescende, vite fait, en fourrant des dollars dans sa botte. Une fois seulement j'ai dérouillé pour avoir piqué ses fringues, mais c'est ma faute : j'étais rentré mouillé et elle a pigé. J'avais marché dans une grosse flaque et, comme j'avais bourré ses godasses de papier journal pour caler mes pieds dedans, j'ai perdu l'équilibre et je me suis ramassé. J'ai cassé un talon et j'ai fait une vilaine tache et un accroc dans le beau cuir de sa jupe que j'avais fixée autour de ma taille avec une pince à dessin. J'avais essayé de réparer les dégâts, mais elle a remarqué tout de suite. Avant ça, personne m'avait jamais cafté. Mais les gens savaient. Glad me dit que les hommes adorent me voir luire sous le lampadaire comme un esprit de la forêt. Même les filles trouvent que j'ai de la tenue et que je ferais une excellente gagneuse en vrai. C'est ce qui avait attiré l'attention de Glad sur moi.

— Ces divines boucles d'or que t'as plaisent beaucoup, tu sais, il me dit.

Et il me demande la permission de les toucher, en haussant les sourcils et en penchant le front avec tendresse.

Je me rapproche en inclinant la tête de côté comme une chatte sous la caresse.

— C'est doux comme un ventre de cochon.

C'est tout juste si je tombe pas raide sur la table en enfouissant ma tête dans ses mains.

— Quand tu mangeras ici, l'addition sera pour moi, alors profites-en pour étoffer un peu tout ça. Nos clients ont tendance à préférer les filles plus viandeuses.

21

J'imagine Sarah se foutant de moi avec des : « Je te l'avais dit ! » Alors je réponds à Glad :

— Je peux aussi y aller en garçon. Je sais ce qu'il faut faire.

— Y a des tas de garçons qui veulent travailler pour moi. (Il me prend la main et la serre gentiment.) Ce que cherche un homme chez un garçon est très différent de ce qu'il cherche chez mes garçons-filles.

Il rejette sa longue tresse derrière son épaule. Je le reluque de près pour essayer de voir ce qu'il a d'indien. Il dit toujours qu'il est indien mais, à part sa longue tresse noire et ses taches sur la figure, je vois pas.

J'ai entendu dire que ses cheveux sont pas vraiment noirs, d'ailleurs. Ce serait juste de la teinture. Ses yeux sont trop bleus, même s'il essaie de les assombrir avec ses lourdes paupières, qu'il ferme toujours à moitié. Il a le nez plat, plutôt comme un Irlandais qu'un Indien, mais le bruit court que son arrière-grand-mère ou peut-être son arrière-arrière ou alors arrière-arrière-arrière-grand-mère était une Choctaw du Mississippi. Personne ne sait au juste, même pas Glad lui-même. Mama Shapiro est la seule à savoir. Elle a vu la vérité de ses propres yeux. Elle est la plus vieille et la plus futée de toutes les tapineuses de tous les parkings routiers de tout le pays, et c'est de notoriété publique que le shérif lui rend visite dans sa roulotte de temps en temps. Elle est originaire du Nord, mais ça fait longtemps et plus personne ne lui en veut. Elle aime bien Sarah. Je l'ai souvent vue pelotonnée avec elle sur une banquette du Doves. Sarah se blottit dans ses montagnes de chair drapées de tissu hawaïen et bouffe tranquillement de la crème brûlée à la banane pendant que Mama Shapiro caresse ses cheveux bouclés.

— Son nom est Glading Grateful ETC… Le ETC est en majuscules, avec trois petits points qui se perdent derrière en enfilade comme des traces de pas au coucher du soleil.

C'est ce qu'elle a raconté à Sarah, un jour qu'elles étaient assises ensemble sur le lit rond de Mama, emmitouflées sous sa couette en duvet d'oie de Hongrie.

Sarah me l'a raconté après. Comme je savais que c'était uniquement pour me rendre jaloux, je faisais semblant de pas écouter. Je marmonnais Hein ? Quoi ? pour avoir l'air de pas m'intéresser, sauf que, à force, elle s'est tue pour de bon et j'ai été obligé de la supplier de me répéter ce que Mama lui avait dit.

— Mama Shapiro a vu une copie authentique du permis de conduire de Glad, elle a continué. Le shérif lui a montré parce qu'il arrivait pas à croire que quelqu'un puisse mettre ETC et des points de suspension dans un nom juste parce qu'il sait pas à quand remonte le premier Glad.

Sarah adorait me rapporter les ragots quand elle était soûle. Même si elle avait juré de me haïr jusqu'à la mort, dès qu'elle apprenait un truc sur quelqu'un dans un des bars où elle s'arrêtait toujours quand elle avait fini sa nuit, c'était plus fort qu'elle, il fallait qu'elle me le raconte. Je l'écoutais attentivement pour avoir une réserve de données en cas de besoin.

Elle était assise sur le lit, avec la tête entre les jambes pour s'empêcher de vomir. Mais ça l'empêchait pas de tchatcher et c'est comme ça qu'elle m'a raconté ce qu'elle avait appris sur l'arrière-grand-mère ETC... de Glad.

Y avait un missionnaire qui avait fait le vœu de transformer en bonne chrétienne la pauvre Choctaw qu'elle était. Alors il lui a donné des cours du soir pour lui expliquer comment mettre la joie et l'amour du Christ dans son cœur. (Là-dessus, elle a hoché la tête de haut en bas avec un petit rire du nez, et ça se voyait que c'était une mimique piquée à Mama Shapiro.) Alors il s'est mis à lui réjouir le cœur pour lui montrer comment on rend grâce et... (elle se bidonnait en se trémoussant comme Mama qui gondole de partout quand elle se marre, tellement elle est grosse) et Glading Grateful[1], premier du nom, est né neuf mois plus tard.

Je me suis rapproché lentement jusqu'à ce que j'aie un côté du corps contre son bras et j'ai posé ma tête sur son épaule. On est restés assis comme ça, dans l'obscurité de la chambre traversée par instants d'une lumière éblouissante quand un camion s'en allait. J'ai glissé mes pieds sous la couverture de lit grumeleuse, tout doucement, comme un crabe dans le sable, pour être plus

1. Approximativement : jouisseur reconnaissant. *(N.d.T.)*

près d'elle. Et on n'a plus bougé jusqu'à ce qu'on s'endorme.

— Euh, ce qui me ferait vraiment plaisir, je dis à Glad, c'est si je pouvais avoir ma propre jupe en cuir et ma propre trousse de maquillage à fermeture Velcro.

— Je peux t'offrir beaucoup plus que ça, il dit en tapant sur la table.

Mon apprentissage commence illico, dans les caravanes derrière le Doves. J'essaie de dire à Glad que je sais ce qu'il faut faire, vu que j'ai été avec tellement de copains et de maris de Sarah que, s'ils m'avaient payé, j'aurais de quoi m'acheter un élevage d'alligators. Glad me dit que je dois désapprendre les mauvaises habitudes apprises en regardant des putains alcoolisées, sans vouloir offenser personne.

— Faut que t'apprennes à lire dans les yeux de l'homme, pour savoir s'il veut seulement se faire reluire ou s'il veut que tu le serres dans tes bras jusqu'à tant qu'il se mette à chialer comme un bébé, il m'a dit pendant qu'on buvait des Yoo Hoos à la fraise, assis sur des poufs en satin cousus main. Faut que t'apprennes à écouter. Dans cet os de pénis, y a un philtre magique qui t'aidera à aimer comme un vrai professionnel.

Je prends des cours quotidiens avec divers garçons de Glad, qui s'appellent affectueusement entre eux *bacu-*

lum, ce qui, m'a expliqué Glad, veut dire « petit bâton » en latin.

Je m'entraîne à enfiler une capote sur un homme avec mes dents sans qu'il s'en rende compte. Je m'entraîne à le gober jusqu'à la garde. Mais, ça, je savais déjà. J'avais fait des concours avec Sarah. On se couchait sur le dos, côte à côte sur un lit de motel, et on renversait nos têtes en arrière par-dessus le bord jusqu'à ce que nos bouches, œsophages et gorges soient alignés. Puis on s'enfonçait une carotte aussi profond qu'on pouvait sans s'étouffer. On faisait une marque sur la carotte avec nos dents de devant et, après, on comparait pour voir qui de nous deux était le meilleur tailleur de pipes. Sarah a toujours gagné.

— Tu gagnes parce que t'es plus vieille et plus bombée, je lui ai dit une fois.

Elle m'a retourné une baffe qui m'a fait voir trente-six chandelles.

— Ne me traite jamais de vieille bombée ! elle a dit, et elle est partie en pleurant.

J'apprends des trucs, comme d'asperger du Binaca sur ma main droite pour que, si un micheton n'est pas au maximum de son hygiène, je puisse respirer l'odeur de menthe fraîche sur ma main et penser aux neiges éternelles des Alpes au lieu d'inhaler son odeur d'ammoniac et d'avoir l'impression d'être assis sur un WC chimique qu'on n'aurait pas vidé depuis quinze jours.

Ou alors j'apprends comment la jouer avec les hommes qui veulent se saper dans des fanfreluches.

— Ça, c'est ce qu'y a de plus difficile, me dit Pie.

Pie est d'origine adultérine, c'est-à-dire que c'est un bâtard, et à moitié blanc par-dessus le marché. Pour sa mère chinoise issue de Chinois, et même d'une famille traditionnelle chinoise qui tenait le seul restaurant traditionnel chinois de montagne dans les Appalaches, c'était une catastrophe. Ils ont essayé de cacher son existence en lui faisant écosser des haricots et trancher des melons jour et nuit. Tout ce que voulait Pie, c'était être une geisha japonaise et, dès qu'il a été assez grand, il s'est mis à faire du stop un peu partout pour atterrir finalement à San Francisco. Il est rentré à la maison quand sa grand-tante Wet Yah était mourante. Sa grand-tante Wet Yah était la seule qui le laissait mettre ses dessous en soie et lire un livre interdit, qu'elle avait chez elle on sait pas pourquoi, sur les geishas célèbres. Wet Yah est morte et maintenant Pie travaille pour Glad. Il met du fric de côté pour pouvoir retourner à San Francisco et ouvrir sa propre école de formation de geishas-hommes.

— Il faut être très attentif et bien écouter quand tu es avec un homme qui veut se déguiser. (Pie parle beaucoup avec ses mains, qu'il est toujours en train de remuer d'avant en arrière comme pour glacer un millefeuille.) Si ça se trouve, il veut seulement te montrer comme il est mignon dans sa petite culotte rose et t'expliquer qu'il aime bien le contact des tissus lisses sur ses coucougnettes. Mais il peut aussi vouloir être une lesbienne et baiser comme une femme qui baise avec une autre femme. (Il se tortille comme un serpent en faisant onduler la soie de son kimono pour imiter deux femmes qui baisent.) Ou alors, ce monsieur peut avoir envie de se faire traiter de sale petite tapette, de se faire ridiculiser ou humilier de toutes sortes de manières. (Pie tourne du cul en mimant un garçon efféminé.) Dans ces cas-là, tu peux souvent obtenir une rallonge en lui demandant de payer pour que d'autres bacula viennent se foutre de lui aussi.

J'acquiesce et je prends note sur un carnet que Glad m'a donné.

— Ces messieurs ne disent pas toujours franchement à quelle catégorie de travelos ils appartiennent. C'est pour ça qu'il faut bien écouter. Il faut trouver des indices. (Pie s'assoit sur un pouf et braque sur moi ses yeux légèrement bridés, aux contours accentués par de gros traits d'eye-liner noir.) Ça fait partie du boulot, c'est à toi de deviner s'ils veulent faire semblant de croire que t'es une femme du haut en bas, s'ils veulent que tu sois doux et papouilleux ou que tu y ailles en force et que tu remplisses leur bouche goulue, s'ils veulent du brutal ou du câlin. Plus vite t'auras pigé ça, plus tu seras célèbre.

Et Pie est célèbre. Y a des travestis qui viennent carrément d'Antigua pour le voir. C'est un des meilleurs, mais ça, je le savais déjà, on les reconnaît tout de suite, les bons. Suffit de regarder l'os de raton autour de leur cou. Meilleur t'es, plus l'os est gros. J'ai entendu dire que les plus gros os sont pas des vrais, que Glad rajoute simplement du plombage de dentiste autour pour leur donner du volume. Je regarde celui de Pie et il a l'air véritable. Gros et authentique.

— T'es paré pour ton premier micheton, me dit Glad deux mois après le début de ma formation.

Ça fait un mois que j'habite plus au motel. Je crèche dans les caravanes. Sarah s'est tirée avec un riche inspecteur de fret ripou, et je vais tous les jours jeter un œil dans la piaule pour voir si elle revenue. L'attaché-case en plastique a disparu, mais sa mousse est toujours dans la salle de bains, donc je sais qu'elle finira par se pointer un jour ou l'autre. Mon objectif est d'avoir ma propre mousse sur l'étagère à côté de la sienne quand elle sera rentrée.

— Ça va, t'es prêt? Tu te sens en forme? demande Glad en m'aidant à ajuster une minijupe en cuir rose pastel que je suis impatient de montrer à Sarah à son retour.

— Prêt comme un chasseur à l'affût devant un troupeau de gazelles, je lui dis en citant la vanne de Sarah.

Je mets les dernières retouches à mon maquillage comme Sarah m'a appris. Glad me dit d'y aller mollo quand même. Je veux prendre un fer pour me gonfler les cheveux et les faire cascader, mais Glad veut pas en entendre parler.

— Le mieux, je vais te dire, ce serait de rien mettre du tout. Le look naturel, c'est ça qu'il te faut, tu seras plus rafraîchissant qu'une feuille de laitue sur la langue. Les hommes paient pour des taches de rousseur et des bouclettes.

Et il m'essuie la figure avec son mouchoir.

— Glad, t'es pire qu'une mère qui habille sa fille pour le bal de l'école, dit Sundae en se marrant.

Sundae est une blonde du Texas avec un os plus gros que celui de Pie. Sa spécialité, c'est pom-pom girl.

— T'imagines pas combien y a de footballeurs qui veulent une pom-pom girl avec une bite, elle dit en ajustant les pompons miniatures dans ses cheveux.

Glad a racolé un routier que tout le monde connaissait.

— C'est un type sympa qui veut juste te tripoter, dit Sundae.

— N'oublie pas de regarder l'heure sur le tableau de bord, dit Pie en m'embrassant gracieusement dans le vide à côté de mes joues. Bonne chance.

Glad se contente d'agiter les mains comme des ailes et ça me fout le trac.

Quand je sors de la caravane, dans les petits souliers blancs à talons plats que m'a donnés Glad à la place des talons aiguilles que je voulais, tout le monde me reluque. Je passe devant le Doves et je trotte dans le parking de nuit, faiblement éclairé au fluor. Le camion du Type Sympa est pile là où Glad m'a dit qu'il serait, cinquième rangée au fond et septième sur le côté. C'est un camion ordinaire, rien de particulier. Pas personnalisé du tout. La portière est bleu foncé et je vois ma figure se refléter dessus. En plissant les yeux, j'arrive à me donner l'illusion que c'est le reflet de Sarah. Normalement, je devais dire au Type Sympa que mon nom est Cherry Vanilla mais, quand je frappe et qu'il demande « Qui c'est ? », ça me vient automatiquement, je réponds « Sarah ».

Sur le moment, il me file la trouille, le Type Sympa. Il me fait penser à un prêtre vaudou de La Nouvelle-Orléans, avec son gros tatouage noir autour des yeux. Puis, une fois que je me suis assis sur ses genoux et qu'il me parle dans son accent appalachien à moitié incompréhensible, je me rends compte que c'est juste un mineur de charbon reconverti. Et c'est vrai, ce qu'on dit, la poussière s'incruste dans les moindres replis de la peau comme une nouvelle couche de pigment.

— J'ai commencé à la mine quand j'avais dix ans, il me dit en posant délicatement sur ma taille ses mains cerclées de charbon.

Il est du Comté de Mingo, en Virginie de l'Ouest. Tous les Ouest-Virginiens, même les plus décavés et les plus fauchés, remercient le ciel de pas habiter dans le comté de Mingo,

31

— La nuit, je me mettais au lit avec mon frère, pendant que ma maman écoutait *Bonsoir Jésus* à la radio et que mon papa suçait un morceau de charbon pour bichonner sa silicose, il me dit en me faisant gentiment sauter sur son genou.

J'ai envie de lui demander s'il a entendu les sermons de mon grand-père aussi, vu que son émission arrivait pas très longtemps après *Bonsoir Jésus* et qu'elle était très populaire dans le comté de Mingo, mais je me retiens parce que Glad m'a dit d'éviter les confidences sur ma vie privée.

— Faut les laisser fantasmer, les laisser croire que t'es ce qu'ils veulent que tu sois, il m'a expliqué.

— J'aime profondément Jésus, me dit le Type Sympa en fourrant ses mains sous ma jupe rose et dans ma culotte pêche. Et t'es tellement mignon.

J'espère qu'il va prononcer le nom que je lui ai dit. Je veux entendre ce nom pendant que ses mains commencent à me peloter. Je ferme les yeux en me laissant bercer et caresser.

— Sarah, il murmure enfin dans mon oreille.

— Je suis là, je chuchote, je m'en vais pas.

Et je roule des yeux sous mes paupières, de plaisir.

Sarah revient un mois après mes débuts dans le métier. Le transporteur de haricots verts était passé la voir un jour, pendant son absence, et les autres gagneuses avaient pas raté l'occasion de lui rendre service en lui racontant ce qu'avait fait Sarah. Quand il a su qu'elle s'était barrée dans un autre État, et avec un inspecteur de fret en plus, ça l'a foutu tellement en rogne qu'il a résilié notre chambre et balancé sur la pelouse jaune tout ce qu'elle avait laissé. Quelqu'un a averti Glad et je suis allé récupérer le tout, que j'ai rapporté dans la caravane, sauf son bain moussant, que j'ai laissé traîner exprès dans l'herbe pourrie.

Mama Shapiro a raqué pour que Sarah récupère notre chambre au Hurley Motel, mais Sarah habite surtout dans la caravane de Mama. Elles sont toujours ensemble. Maintenant Sarah fait même semblant de s'intéresser aux ragnagnas des gagneuses. C'est pour dire !

Parce que Mama Shapiro connaît par cœur les cycles de toutes les filles. Quand elle est au Doves, n'importe quelle gagneuse peut l'appeler à travers la salle pour lui demander si elle est mûre. Y en a qui veulent le savoir pour pouvoir forcer un routier qui leur plaît à se mettre à la colle avec elles et un bébé en prime. Y en a d'autres qui veulent être sûres qu'elles risquent pas de monter en graine pour pouvoir travailler sans capote et augmenter le tarif. Et puis y en a qui veulent simplement savoir pour pas être prises de court et avoir leurs produits d'hygiène féminine à disposition. Mama Shapiro arrive toujours à deviner leurs raisons. Elle est très forte pour ça.

On dit même qu'elle a un don de double vue. Elle se goure jamais, sauf que, comme elle est à cheval sur le préservatif, elle répond généralement :

— Chérie, t'es mûre jusqu'au trognon et aussi bonne à prendre qu'une truie en chaleur !

Le problème, c'est que, quand Mama Shapiro en rajoute comme ça, la plupart des filles pensent qu'elle dit ça juste pour les protéger et que la voie est probablement libre.

Maintenant Sarah fait comme si elle connaissait les dates aussi et elle discute saignements avec Mama. Tu parles, je sais pas combien de millions de fois je l'ai entendue râler qu'elle en avait sa claque de cette « peste » et, par moments, ça me démange d'aller le répéter à Mama.

Parce que, des fois, quand elle me voit lanterner dans le coin, Mama Shapiro m'invite à leur table pour partager un kiwi caramélisé et une tarte Tatin aux noix. Elle me demande des nouvelles de mes clients et Sarah détourne les yeux d'un air dégoûté quand je réponds. Malgré moi, j'essaie d'intéresser Sarah en la tenant au courant des nouvelles importantes que j'ai lues dans les pages internationales.

— Dans le journal d'aujourd'hui, ils disent qu'Elvis était vraiment un hermaphrodite.

— Déjà lu, elle fait en détournant encore les yeux.

— Allons, allons…, fait Mama. Vous devriez essayer

de vous entendre, tous les deux. Vous êtes de la même famille, non ?

À voir comment Sarah arrondit les châsses, je me rends compte que même Mama connaît pas *exactement* notre lien de parenté.

Je m'arrache discrètement de la banquette pour me tirer mais, juste avant, je dis en souriant, et d'une voix assez forte pour être entendu de toutes les oreilles qui traînent :

— C'est ma mère.

J'espère que Mama Shapiro aura envie de m'inviter dans sa roulotte, moi aussi, pour me blottir sous la couette en duvet d'oie de Hongrie avec elle et Sarah, au lieu de me laisser des semaines sans jamais les voir ensemble.

Les bougies brûlent la nuit dans la roulotte et on aperçoit l'ombre énorme de Mama qui s'active derrière les rideaux tirés. Paraîtrait que Sarah a reçu un choc sévère quand j'ai dévoilé qu'elle était ma mère, et en public avec ça. Du coup, elle décolle plus du lit, elle arrête pas de gémir et Mama Shapiro, qui est aux petits soins avec elle, essaie de la faire manger pour qu'elle se remette.

Bolly me dit :

— Elle a là-dedans un frigo grand comme un râtelier à bestiaux, que j'ai rempli de spécialités maison pour le cas où y aurait une famine.

De l'extérieur, je sens une odeur de foie gras des Appalaches réchauffé avec des pommes en l'air au verjus et de la mangue gratinée, et de filet de porc rôti mariné au cidre décongelé au micro-ondes sur un lit de figues grillées et de purée d'oignons Vidalia. Paxton est le seul à être entré chez elles depuis deux semaines, et encore, fissa, juste le temps de leur apporter un Tupperware de sauce au caviar oscietre, que Mama, rapport à sa double vue, savait que Bolly avait préparée.

— Tu verrais l'intérieur, me dit Paxton d'un ton grave, y a au moins cent bougies en cire d'abeille qui brûlent en permanence. Ta mère (et j'ai bien senti qu'il prononçait le mot avec une hostilité marquée contre moi) est aux portes de la mort.

En entrant au Doves, je remarque une nette baisse de volume sonore, ce qui m'inquiète particulièrement, vu que le menu affiche des œufs de caille farcis braisés aux airelles avec des raviolis aux petits pois et des cardes pochées en chemise. Avec un plat du jour pareil, même un accident de camion devant la porte ferait pas lever un sourcil.

Je rapplique en chialant vers les caravanes.

— C'est très grave d'accuser quelqu'un d'être sa mère, me dit Glad avec sévérité.

— Est-ce qu'ils vont jouer Davy Crockett pour moi ? je demande en posant ma tête sur ses genoux.

— Oh non, il me dit en faufilant ses doigts entre mes bouclettes. Mais il va falloir un peu de temps pour que les gens s'habituent, c'est tout.

Je prends la résolution de consacrer toute mon énergie à prouver que je suis pas l'ignoble saligaud que tout le monde pense que je suis. Je me jure à moi-même que je deviendrai le meilleur gagneur de parking de tous les temps et qu'un jour on me verra entrer au Doves avec le plus formidable Os de Pénis de Raton Laveur du monde, qui imposera à tous le silence, le respect et la crainte.

— De par le fait que t'es un débutant, et encore même pas tout à fait sec derrière les oreilles, c'est préférable, me répond Glad quand je lui demande pourquoi j'ai droit qu'à un ou deux clients par nuit seulement.

Tout ce que fait mon micheton, c'est de pousser des oh et des ah, de me palucher, de me lécher comme une sucette et de me faire admirer en rigolant le panty fuchsia qu'il porte en dessous de son jean râpé. J'ai pas la moindre chance de développer une double vue comme Pie ou Mama Shapiro dans ces conditions. Glad sait toujours d'avance ce qu'ils veulent comme prestation. Et, en plus, ils me paient jamais. Tout est arrangé dans mon dos, même mon pourboire.

— Je veux faire tanguer la cabine comme une VRAIE gagneuse quand je monte dedans, je proteste. Je veux fourrer des dollars dans mes godasses.

— Je laisserai personne faire le mariole avec toi, il dit, et y a pas à discuter.

Je vais me plaindre à Sundae :

— Mon os de pénis sera jamais plus gros. Je pourrais rapporter beaucoup plus à Glad s'il me laissait faire.

— C'est-à-dire, faut comprendre… d'un côté, Glad ambitionne de devenir un maquereau de classe internationale et de figurer dans tous les manuels de routiers mais, d'un autre côté, il veut aussi être le Père Noël. C'est difficile de concilier les deux, tu sais, il en souffre terriblement, me répond Sundae, affligée.

Je m'incline respectueusement devant les aspirations contradictoires de notre mac.

— Tu sais, je vais te dire, si vraiment on veut plus de liberté d'action, le mieux, des fois, c'est de prouver qu'on est capable d'en faire quelque chose…, elle marmonne en retroussant ses socquettes sur ses chevilles.

Je m'accroupis à côté d'elle.

— Qu'est-ce que tu veux dire ?

— Eh ben, t'as qu'à aller chercher toi-même ce que tu veux, elle dit en parlant à son tibia et en donnant du bouffant à la dentelle de la socquette. Y a pas qu'un seul relais routier dans la région. Je suis sûre qu'y a des chauffeurs qui seraient prêts à t'offrir la balade…

Elle met un doigt sur ses lèvres sans me regarder.

— Je dirai rien, je réponds en souriant.

C'est mon 19 heures du jeudi qui me l'a offerte, la balade. Après avoir renfilé son jean noir Ben Davies sur sa jarretière en cuir ébène bordée de dentelles, je lui ai expliqué que je devais voir le Jackalope[1] — celui avec la ramure si grande que 50 routiers peuvent accrocher leurs casquettes dessus et qu'y a encore de la place.

— Pourquoi ? Tu m'as fait gicler plus loin qu'un lama, il dit en reboutonnant sa chemise en laine à carreaux rouge et noir Coldmaster par-dessus son soutien-gorge midnight miracle Victoria's Secret.

— Je sais, je dis en entortillant mon index dans une de mes bouclettes comme j'ai vu Sarah le faire chaque fois qu'elle demande à un homme de l'aider à devenir une honnête femme. Mais j'ai l'impression que mes pouvoirs m'abandonnent et, si c'est le cas, ben, Glad pourrait me retirer du parking pour... (je soupire comme Sarah) m'envoyer Dieu sait où jusqu'à ce que le fluide malfaisant qui attaque ma magie se disperse.

— Malfaisant, tu dis ? C'est si grave que ça ?

Il secoue la tête en laçant ses grosses bottes à bout ferré après avoir soigneusement aligné la couture de ses bas nylon sur ses mollets.

— Alors, y a pas, faut que t'ailles d'urgence caresser le Jackalope, faut absolument préserver ce sortilège que t'exerces sur tous les routiers en petite culotte de cet hémisphère.

Il m'emmène au-delà des monts Cheats, où je sais que Glad ira jamais me rechercher.

---

1. Animal légendaire, sorte de lapin de garenne surmonté de grands bois comme un cervidé. (N d T.)

— Y a le mauvais œil là-bas, dit toujours Glad quand quelqu'un lui suggère d'ouvrir une succursale dans les Cheats. Ces montagnes et cette rivière ont pris la vie de plus d'un homme.

Il laisserait jamais une de ses tapineuses, même une qui aurait complètement perdu sa divinité, traverser les Cheats pour un pèlerinage devant le saint patron guérisseur des Gagneuses de Parking : le Jackalope du Holy Jack.

Dès qu'on arrive dans le parking en gravier du Holy Jack, on est assaillis par tous les parfums et eaux de toilette français des Gagneuses. Ça sent si fort qu'on distingue à peine l'odeur putride de charbon qui imprègne encore le bar.

— Bon, ben, pendant que tu fais tes dévotions, je vais m'enfiler quelques bourbons, il me dit.

Il vérifie la couture de ses bas sous ses jarretières et s'enfonce dans l'intérieur tamisé du bar en moellons, que je contourne pour me diriger vers une file d'attente qui s'étire devant une porte latérale. Les Gagneuses font le poireau dans leurs plus belles fringues, des roses pulpeux, des rouges apocalyptiques et des noirs énigmatiques. Je m'arrête un peu avant, je frotte le dessus de mes godasses sur l'arrière de mes mi-bas blancs et je relève un peu ma jupe écossaise. Je sors mon rouge à lèvres du compartiment spécial maquillage du sac de voyage en cuir que

Sundae m'a prêté et je me fais une petite retouche rapide. J'ébouriffe mes boucles et, allons-y, je m'approche, bien en vue. Elles me jettent un regard rapide, plus par habitude qu'autre chose, de haut en bas et de bas en haut, puis se détournent avec mépris en rejetant leurs mèches de côté.

Sarah dit toujours, quand elle va racoler dans un bar :

— Je suis tellement classe que je vais rendre toutes les autres putes plus nerveuses que des chats à longue queue dans une assemblée de rocking-chairs.

Parmi les plus jeunes, y en a qui gardent les yeux fixés sur moi et se fendent d'un sourire gêné, histoire de faire croire qu'elles ont aucune raison valable d'être dans cette queue, qu'elles ont pas besoin d'être guéries par le Jackalope. Être une pute, c'est une chose, une pute ratée, c'est une roulure.

Je remarque que beaucoup portent des grosses lunettes de soleil à verres miroirs et des foulards palestiniens sur leurs perruques Dolly Parton.

Je souris aussi, mais trop franchement, alors elles font leurs pimbêches et se détournent, sauf la dernière de la file, qui m'adresse un petit salut de la tête quand je viens m'aligner derrière elle. Je la salue à mon tour et je me penche pour mater dans le bar. Y a une lumière lugubre. Je distingue vaguement des bouts de ramure à rayures blanches éclairées par des projecteurs, des bois énormes tendus en V comme les bras de Jésus.

— Seigneur Dieu, elles prennent leur temps, ces

pouffiasses, murmure la fille devant moi sans me regarder. Ça va faire une plombe que je suis là et la queue a presque pas avancé. C'est à croire que ce Jackalope paie la passe à la minute !

Je remarque que, derrière ses lunettes de soleil Hollywood, elle a l'œil gauche au beurre noir et à moitié fermé. Elle a essayé de masquer ça avec de la poudre beige, mais c'est loupé.

— Ce qu'il faut, c'est un fond de teint jaune à base grasse, dirait Sarah entre deux grimaces en se tamponnant la pommette avec du maquillage. Jamais de mat ! Ils devraient le marquer sur l'étiquette. Ne jamais employer de mat pour masquer les baisers du poing de votre homme.

Elle s'aperçoit que je lorgne son bleu et elle le tapote comme un talisman.

— Je me suis fait sonner les cloches…, elle dit avec un rire graveleux.

J'opine du bonnet. Quelques autres gagneuses se tournent vers nous en faisant les gros yeux. Y en a pas une seule qui tchatche, même pas une qui fume. Elles attendent sans moufter, à la queue leu leu, comme des beignets sur une tige de fer attendant d'être fourrés.

— Faut que je fasse plus de…

Elle tend la bouche en cul-de-poule, puis tire les lèvres en arrière, alternativement, comme si elle avait de la vaseline à recracher.

J'ai envie de lui dire que je suis en passe de devenir

un des meilleurs gagneurs de Glading Grateful ETC…,
du célèbre Doves de renommée mondiale. Et je voudrais
que toutes les filles de la queue l'entendent. Qu'elles
sachent que j'ai pas besoin d'être guéri par le Jackalope
et que j'ai rien à faire dans cette queue. Je suis un impos-
teur, si elles veulent savoir. Je suis là uniquement pour
accélérer le processus qui doit me rapporter un des plus
gros os de pénis de raton de tous les temps.

— Je vois ce que tu veux dire, je réponds, en chu-
chotant pour qu'elle chuchote aussi.

Elle sourit en incurvant la bouche vers le bas et me
tend la main.

— Je m'appelle Pooh.

Les gagneuses se tournent encore vers nous en faisant
« chchch ».

— Salut, Pooh, je chuchote. Moi, c'est Sarrr…, je
commence, mais le « rrr » reste coincé dans ma gorge.

S'agirait pas d'oublier que je suis censé dissimuler
mon identité et, comme je veux pas que Glad puisse
remonter ma piste, je continue à faire « rrr » en essayant
de penser à un nom.

— Cool ! elle fait. Salut, She-Ra ! (Et elle me serre
encore la main.) She-Ra Princesse du Pouvoir, c'était
mon dessin animé préféré !

— C'est pas bientôt fini ? grogne une frangine BCBG
habillée en garçon de café avec un pantalon de cuir.

Pooh roule des yeux et se penche vers mon oreille.

— J'avais même la poupée She-Ra.

— She-Ra ?

Elle fait oui de la tête. La queue progresse de quelques pas.

— Tu bosses où, She-Ra ?

— Euh, ici et là, je fais à mi-voix.

Elle remonte ses lunettes sur son nez, qui est si court qu'elles retombent tout de suite.

— Moi, je bosse à Three Crutches.

Elle guette ma réaction en penchant la tête vers moi et en tricotant des sourcils par-dessus ses lunettes. J'opine.

— Me dis pas que t'as jamais entendu parler de Three Crutches ! elle fait, incrédule, dans un souffle. (Je hausse les épaules.) Eh ben, c'est juste le relais routier le plus craignos et le plus duraille de toute la Virginie de l'Ouest.

— Oh. Désolé.

Elle confirme comme si j'avais dit ça pour m'excuser.

— Je suppose que t'as pas entendu parler de Le Loup non plus ?

— Han han.

Elle se rapproche, met sa main en cornet autour de mon oreille et murmure dedans :

— C'est juste le julot le plus craignos et le plus duraille de toute la Virginie de l'Ouest. (Son haleine sent vaguement l'alcool à 90.) Et c'est mon homme.

Elle recule d'un pas en écarquillant les mirettes,

comme si j'allais tomber sur le cul tellement ça devrait m'impressionner. Je veux lui parler de Glad.

Je fais comme elle, je mets ma main en cornet autour de son oreille, percée tout du long d'anneaux en argent si nombreux qu'on dirait un rideau de douche.

— Tu voudrais te séparer de lui ? je chuchote.

Elle recule encore, rajuste ses lunettes et secoue la tête.

— T'es malade ? elle me dit, trop fort.

— Y a vraiment des putains qui manquent de tenue ici, râle une des Perruques Dolly palestiniennes.

— Je suis sa meilleure gagneuse et il m'aime ! me répond Pooh. C'est lui qui a fait de moi ce que je suis aujourd'hui !

Et elle me tourne le dos.

On se dit plus rien, on se contente de faire des petits pas de bébé dans la queue, qui avance lentement vers le portail en pierre.

Autour de nous, la forêt résonne de petits craquements et de froufrous, comme font les forêts au début du printemps. Le souffle léger de l'air tranquille se mélange au constant bruit de fond du bar : rognes, trinques, gueulantes entre macs et routiers. D'autres gagneuses se sont ajoutées à la queue derrière moi et je résiste fièrement à l'envie de les regarder. Pooh, elle, se retourne à chaque nouvelle arrivée et j'espère qu'elle remarque que, moi, je me retourne pas. Ses yeux me survolent comme si je m'étais évaporé. Elle envoie des sourires à qui mieux mieux, mais je vois bien, à la tronche

45

qu'elle tire en faisant volte-face, qu'aucune ne lui rend la pareille, ce qui me donne un motif moralement justifié de l'avoir mauvaise.

Soudain, un coup de feu dans le bar. Puis une bouteille qui se casse. Toutes les gagneuses se raidissent et regardent en trouillant vers le rade, des fois qu'elles verraient leur mac jaillir en gueulant pour les arracher de la file comme un père furibard qui attrape sa môme dans un jardin public. Mais on entend un : «Excusez-moi, messieurs, le coup est parti tout seul» qui calme illico la râlante et apaise la tension dans la file.

En regardant les rayons de lumière qui tombent entre les branchages comme des longues carottes, je perds l'équilibre et, sans faire exprès, je marche sur le pied d'une gagneuse derrière moi.

— Pardonnez-moi, mon Dieu, car j'ai péché, elle dit quand je me tourne pour m'excuser.

Elle a les yeux tellement rencapilotés en dedans qu'on voit que les blancs, qui tremblotent comme des œufs en gelée entre ses paupières ripolinées. Elle a les doigts écartés et crispés.

— Oh merde! fait Pooh en rigolant. Si tu voyais ta gueule. On dirait que t'as rencontré la Sainte Vierge.

Je me marre aussi, mais plutôt de soulagement, parce que je suis rassuré que Pooh m'adresse de nouveau la parole, alors j'en rajoute un peu dans la poilade et elle me lorgne d'un air soupçonneux.

— On y est presque, je dis en montrant l'entrée de l'autel du Jackalope Sacré.

— Pas trop tôt. Quand j'ai entendu ce pétard, j'étais sûre que Le Loup allait me virer de cette queue avant que le shérif radine. Une chance qu'on ait pas été déjà à l'intérieur. Qu'est-ce que j'aurais dégusté !

Je suis tout remué de l'entendre dire ça, parce que ça crée entre nous comme une complicité qui relance mon soulagement et je me rends compte à quel point je me suis senti seulâbre, tout à l'heure, quand elle voulait plus me parler.

— C'est naturel, ces bouclettes et cette couleur ? elle me demande en passant la main dans mes cheveux. (D'un seul coup, elle arrache une mèche de sa courte tignasse oxygénée et la laisse tomber par terre.) J'ai toujours été jalouse des filles qui ont des cheveux albinos.

Elle voit que je mate sa tête. Elle fait un bruit d'orang-outan pour détourner mon attention et s'ébouriffe, l'air de rien, pour camoufler les parties chauves.

Je me racle la gorge comme un gentil chimpanzé et je lui dis :

— Je suis pas albinos, enfin je crois pas.

Ça me vient pas à l'idée de préciser que je suis pas vraiment une fille.

Tout d'un coup, on se ramasse une grêlée de boulettes mâchouillées, en guise d'avertissement. Ça fuse de l'avant et de l'arrière. Pooh se retourne, prend ses grands airs au nom de sa place prééminente dans la queue et bombarde du regard les frangines alignées derrière. Elles sont plusieurs à claquer la langue et à sucer leurs dents. Y en a une qui dit :

— Faites gaffe à vous, *mesdemoiselles*.

Ça me file une chair de poule en toile émeri, pas vraiment déplaisante.

On avance en silence. Pooh se rabat sur moi maintenant et, pour déconner, elle se met à mimer une pute dans différentes activités professionnelles typiques : la « turlutte en glotte », le « léchage de valseur » et la toujours populaire « bite de camionneur bourré dans l'oreille ». Celle-là me fait éclater de rire quand je la reconnais. Je baisse la tête pour esquiver un éventuel jet de boulette, mais j'entends Pooh dire Putaindebordeldedieu. Comme d'autres gagneuses autour de nous murmurent la même chose d'un ton révérencieux, je lève les yeux et je vois l'aura luminescente du Jackalope dans le bar, à moins de deux mètres devant nous, alors je dis pareil :

— Putaindebordeldedieu.

Pooh fait un pas à l'intérieur et je manque m'écraser la tronche contre son dos en la suivant.

J'ai entendu dire que de nombreux bars avaient essayé de copier le Jackalope Sacré avec des trucages, en installant des éclairages théâtraux autour d'un jackalope empaillé. Mais c'est pas parce qu'un moustique écrasé sur un pare-brise ressemble à la sainte Vierge qu'il va transformer le bitter en cognac.

J'ai entendu dire aussi que le patron du Holy Jack était allé à l'école dans le nord et qu'il avait attrapé la mentalité de tricheur qu'on attrape là-bas, mais j'aperçois aucun projecteur caché accroché aux poutres. Pas de soufflerie à air chaud non plus, pas de résistances électriques nulle part. À part les bougies que toutes les gagneuses allument et déposent devant le socle, je vois rien d'artificiel pour expliquer la lueur surnaturelle et la chaleur intense qui rayonnent du Jackalope Sacré. Il fait si clair que celles qui portent des lunettes de soleil pensent même pas à les enlever.

Pooh et moi, on a la bouche pendante en entrant dans la petite pièce, et les gagneuses qui ressortent en direction du bar sont en larmes.

J'ai entendu dire encore que des femmes avaient amené leurs maris qui peuvent pas se retenir de picoler leur laque et leur dissolvant. Des mamans du bassin minier ont amené leurs bébés nés avec des bras qui leur sortent de la tête comme des oreilles de lapin. Des grands-parents ont amené leurs petits-enfants aveuglés par la masturbation. Jamais aucun n'a été guéri.

On raconte que c'est la police de la route qui a renversé ce jackalope et l'a laissé clamser. Un groupe de gagneuses de parking renégates ont recueilli la bête sauvage écrasée, ont bercé sa tête sanglante contre leurs ventres dénudés, réchauffé ses pattes sous leurs jupes et dans leurs abricots et sucé ses andouillers, qui étaient encore tout petits, avec leurs bouches pleines de rouge à

49

lèvres. Et, quand le Jackalope est mort, elles ont non seulement connu le premier vrai orgasme de leur vie mais elles sont subitement devenues les Gagneuses de Parking les plus désirées de tous les temps. Comment ce Jackalope écrasé a finalement atterri ici, c'est un grand mystère, mais le charme qu'il exerce sur les filles à routiers déchues est venu aux oreilles de toutes les Gagneuses de Parking du monde entier.

Je dois m'abriter les yeux tellement il brille, mais peu à peu je m'habitue. Fauché en pleine course, il a l'air de bondir et se dresse de tout son haut, un mètre trente facile. Il est fixé au mur par des supports en acier. Tous les julots en déveine ont essayé de le voler un jour ou un autre, c'est pourquoi y a un garde du corps Pinkerton, un vrai, certifié, assis sur le côté, qui ouvre l'œil.

Le Jackalope a un sourire absolument béat et des yeux brumeux couleur raifort écrasé. Son pelage cendré est si soyeux, si miséricordieux, si noble que toutes les putes de la pièce tendent les bras vers lui dans des poses grandioses.

Mais ce qui sidère tout le monde, y compris l'équipe de télé qui est venue le filmer pour le journal national comme on peut le voir sur les photos dédicacées encadrées que le Pinkerton surveille aussi, c'est la ramure. Apparemment, elle continue à pousser. J'ai entendu dire que le toit avait dû être surélevé cinq fois pour accompagner le miracle. J'aperçois même le bourgeon phosphorescent d'une nouvelle ramification.

Des évaporations d'alcools divers mélangés avec toutes sortes de baumes à base de cordial maison flottent dans l'air sanctifié et enfumé, ce qui entraîne la formation de gros nuages orageux autour des plus hautes ramifications. Et, comme on a la bouche ouverte comme des poissons, Pooh et moi, y a des gouttes de cordial, de la gnôle pure, de la sévère, qui commencent à tomber sur nos langues.

— Ah, miam miam, fait Pooh en se léchant les lèvres.

Et elle ouvre la bouche encore plus grande pour attraper plus de whisky consacré. Ce qui dégouline dans ma bouche brûle comme de la soude et je recrache vite fait, aussi poliment que possible.

— Je sens le pouvoir du Jackalope. Pas toi, She-Ra ? elle gémit.

Je confirme de la tête, lentement.

— Si, si, Pooh.

Je m'aperçois que je tends les bras vers le ciel, moi aussi, exactement comme Pooh et comme toutes les autres gagneuses.

Ce que je ressens, c'est comme des ondes froufroutantes et sinueuses de courant électrique qui me font trembloter, moi et toutes les autres, comme dans une congrégation de spirites.

Y en a qui chialent, d'autres qui chignent, mais toutes, même les gagneuses-hommes, balancent la dernière petite culotte qu'elles ont portée en situation professionnelle dans le tonneau à offrandes. J'ai entendu dire que la lingerie en question est revendue par correspondance pour financer les élévations du toit.

Bientôt un gong chinois résonne doucement et le Pinkerton annonce, sans bouger un muscle :

— Mesdames et messieurs, vous avez encore cinq minutes, ensuite vous êtes priés de vous diriger vers le bar. Merci.

Tout le monde ferme les yeux pour faire une prière. Je fourre la main sous mon corsage et j'attrape mon os de raton, que je serre de toutes mes forces. J'implore intérieurement :

— S'il vous plaît, ô divin Jackalope, je veux devenir une vraie Gagneuse. Je veux *gagner* un os énorme. (J'ouvre les paupières et je regarde droit dans ses yeux morts.) Faites que je sois une meilleure Gagneuse que Sarah, je dis avec une énergie qui me ravigote et m'effraie en même temps.

Le gong résonne doucement de nouveau, le Pinkerton se racle la gorge et les tapins enquillent lentement dans le bar pour boire à la santé de leurs pouvoirs libidinaux retrouvés.

Quelques anciennes mettent *Jake Leg Blues* par Daddy Stovepipe et *Mississippi Sarah* sur le juke-box pour charrier les gagneuses les plus émotives qui, paralysées par l'énergie du Jackalope, clopinent comme si elles s'étaient biturées au cordial frelaté.

Tous les julots qui ont encore la vue droite rappliquent vers leurs tapins, la paluche baladeuse, pour une revue de détail. Je jette un œil à mon 19 heures du jeudi qui m'a conduit ici, affalé dans un coin avec de la bave qui lui pendouille au menton comme un glaçon.

— Le Loup! crie Pooh, en se faisant aspirer dans les pans ouverts du long manteau de cuir de Le Loup comme un petit rongeur chopé par une chauve-souris.

Il soulève son petit corps et la fait sauter en l'air avant de la reposer.

— C'était fantastique! elle dit en tapant des mains.

Le Loup se contente d'acquiescer. Pooh me fait signe de les rejoindre. Je me pointe, regonflé par les nouveaux pouvoirs que je sens monter en moi.

— Oh, je te décevrai plus jamais. Je le jure. Je suis changée, changée, changée. Ça y est. (Elle a les larmes aux yeux.) Jamais plus aucun micheton n'aura à se plaindre de moi.

Je m'approche.

— Oh, Le Loup, je te présente She-Ra. She-Ra, Le Loup, elle me dit en touchant discrètement son œil au beurre noir.

J'ai devant moi la gueule la plus broussailleuse que j'aie jamais vue. Il a d'énormes rouflaquettes noires qui lui tapissent presque toute la figure et des tout petits yeux sombres renfoncés dans son pelage facial comme des raisins secs dans la tête d'un bonhomme en pain d'épice.

Il opine, lisse ses cheveux noirs gominés et me prend la main.

— Enchanté, mademoiselle She-Ra.

Il se penche et me baise la main. La sienne est moite et douce comme le bas-ventre d'un chien crevé. Il me gratifie d'un grand sourire sans dents et on traverse le bar. Je le bigle en coin et je vois qu'il me reluque. Il approuve de la tête, très gentleman, et je me sens rougir de plaisir.

— Ooh, et tu rougis, en plus ! il dit, et il s'accroupit, la tête à hauteur de ma poitrine.

— Moi aussi, je rougis ! dit Pooh, empressée. Je veux dire, si je suis gênée, mettons. Y a longtemps que ça m'est pas arrivé, mais je pense que…

— Rrrrr ! il fait. (On sursaute toutes les deux.) Excuse, ma poule, je t'ai fait peur ? il me dit en me caressant la main. C'est ta copine Pooh, là, elle a jamais appris à la fermer.

— Désolée, je suis désolée, murmure Pooh. Désolée…

Le Loup garde les yeux fixés sur moi.

— T'es gironde, il dit, et je me sens rougir encore. Ces boucles d'or que t'as… Avec qui t'es venue, chérie ?

J'indique le 19 heures du jeudi plié en deux dans un coin.

— Oh, ben il a l'air de tremper comme un cheveu sur la soupe.

Il se marre, Pooh se marre, je me marre.

— C'est ton papa ?

Je secoue la tête. Il sourit.

— Tu bosses pour lui ?

Je secoue la tête. Il sourit encore plus.

— Pour qui tu bosses ? il me dit dans le cou.

Son haleine sent la réglisse. Je hausse les épaules.

— T'es une vraie petite princesse, tu sais…

Il se marre, Pooh se marre, je me marre. Je remarque que les coutures de son cuir sont déchirées aux épaules.

— Je suis là à te poser trente-six questions alors que tu dois mourir de faim à force de poireauter dans cette queue !

Il me lâche la main et se relève.

Pooh se frotte le bide.

— Ah, pour ça, elle dit, je me taperais bien un pâté de campagne et une grosse escalope de poulet frit parce que je…

Le Loup lui balance un regard mauvais, puis il me tend la main. Je la prends et je me laisse guider dans la salle du restau.

— … crève de faim, marmonne Pooh derrière nous.

— T'es trop mignonne, dit Le Loup en me voyant détacher soigneusement les graillons calcinés de l'escalope de poulet frit que je partage avec Pooh.

Je veux lui parler du Doves Diner et de Bolly et de la grande toque de chef français qu'il a gagnée. Je veux enlever mon os et le leur montrer et leur dire que je vais en récolter bientôt un beaucoup plus gros, un mirobolant comme on n'en a jamais vu. Mais je dis rien.

Le Loup lance des cacahuètes grillées en l'air et je jure que je vois sa langue se dérouler comme celle d'un iguane pour les cueillir en plein vol.

— Tu veux un peu d'eau de source de Virginie ? me dit Pooh en commençant à me verser un liquide clair d'un bocal de confiote.

— Tu vas pas lui refiler ce tord-boyaux ! dit Le Loup en lui tapant sur la main.

— Désolée, elle répond avant de lamper une grande goulée qui la fait tousser.

— Bon, comme je disais… (il me caresse les cheveux et je fonds comme un caramel) si tu travailles pour moi (il me grattouille le bout de l'oreille, j'ai les poils qui se dressent sur ma nuque), t'auras des milliers de poupées Barbie. T'aimes les Barbie ? Combien de Barbie je t'ai données, Pooh ?

— Des tas, elle dit et crache par terre après s'être assurée que Le Loup la regardait pas.

— Je t'offrirai tous les accessoires. Je viens juste d'offrir à Pooh un ravissant manteau de fourrure spécialement fait pour Barbie.

Pooh retourne ses yeux dans sa tête.

J'acquiesce.

— T'auras jamais besoin de rien.

Il me chatouille la gorge du bout des doigts et, par réflexe, je rabats le menton sur ma poitrine et je coince sa main là. Il la laisse. Puis la glisse dans mon corsage et sur mon cœur.

— Je suis le meilleur papa que t'auras jamais, il dit à voix basse, moitié murmure, moitié grognement.

Je lorgne sa main qui se soulève et descend quand je respire. Je ferme les paupières. La chaleur de sa paume me pénètre. Le Loup rigole et m'appuie sur le cœur.

J'ouvre les yeux et je vois sa figure se fendre d'un immense sourire, avec dents cette fois.

Des dents de bûcheron plaquées or avec des symboles vikings gravés.

— Bienvenue à bord ! il se marre.

On s'entasse dans la Trans Am mauve de Le Loup. Pooh grimpe par-dessus moi pour s'asseoir à côté de Le Loup. On fonce dans des petites routes tortueuses, les pneus chuintent et soulèvent des nuages de poussière rouge. J'avale quelques gorgées du liquide clair que Pooh a emporté dans son bocal et ça me met le gosier en feu. J'arrive plus à garder les yeux ouverts, je suis ébloui par les éclairs orange des cataphotes et les yeux jaunes des daims et des couguars qui défilent sur le côté. Je me sens pencher vers Pooh, j'ai la tête qui tombe sur son épaule. D'une méchante poussette, elle me remet la tronche dans l'autre sens pour réorienter mon roupillon côté portière.

— Il va pleuvoir des cordes…, dit Pooh.

Je règle lentement ma vision et je vois apparaître l'architecture en pierre du Vatican.

— T'as intérêt à te lever parce que Le Loup a déposé une vipère noire, ventre à l'air, sur le terre-plein central de l'autoroute.

Je vois la bobine de Jean-Paul II enrubannée dans une couronne de cœurs fuchsia en plein milieu du Vatican.

— Le ciel est plus bleu qu'une paire de couilles en fin de mois, dit Pooh.

Quand je bouge la tête, d'avant en arrière, Jean-Paul II me fait des clins d'œil et m'envoie des bisous.

— Une vipère noire, ventre à l'air… sûr que ça va dégouliner comme une cramouille de pute un jour de paie.

J'essaie de tendre la bouche pour renvoyer des bisous à Jean-Paul, mais j'ai les lèvres trop molles.

— Tu tiens pas l'alcool.

La figure de Pooh apparaît au-dessus de moi. Elle éclipse le pape et le Vatican. J'essaie de regarder par les côtés.

— T'as gerbé, quelque chose de bien! elle dit.

Elle sourit et, tout d'un coup, se fend la pêche en ouvrant une grande bouche pleine de dents grises et floues. Sa tronche tabassée semble se liquéfier et onduler comme du goulasch.

— Saloper tout l'intérieur d'une bagnole et pas faire

58

une seule tache sur toi, c'est un truc qui me dépasse, ça peut être que la volonté du Seigneur! elle gueule. Pas une seule tache… mais ton haleine, pardon. (Elle agite la main devant son pif.) Ce que tu schlingues! (Elle montre le poster sur le plafond.) Le Loup t'a même couchée sous Sa Sainteté. T'allais recevoir ton baptême, mais quand il t'a flairée… (Elle agite encore la main et fait une grimace dégoûtée.) Le Loup est un catholique pratiquant, tu sais. Il baptise toutes ses filles ici. Il voulait mettre les draps consacrés en satin zébré, mais je lui ai dit que tu risquais de dégueuler encore, alors il t'a mis un sac-poubelle à la place.

Elle se bidonne.

Je tourne la tête de côté et j'ai l'impression qu'elle s'arrêtera jamais de tourner.

— Ça m'étonnerait qu'il te mette au turf sans t'avoir testée d'abord.

Elle s'écarte et je mate dans la piaule autour de moi. Y a de la fourrure partout.

— Mais, à cause de la vipère noire, va y avoir de l'orage et, quand y a de l'orage, tous les routiers font repos dans leur cabine… On va avoir du boulot!

Tout est couvert de fourrure. Une épaisse fourrure d'ours brun. Le divan, la table basse, même le bas des murs.

— Je suppose qu'il veut tester les pouvoirs du Jackalope. C'est pour ça qu'il a posé la vipère noire…

Elle s'assoit sur le divan en fourrure et attrape un petit

59

bocal sur la table en fourrure. Elle souffle sur le liquide clair, mais je vois pas de fumée, et le descend cul sec en trois coups.

— Ça va flotter, elle dit en se penchant à la fenêtre, près du volet, alors faut prendre des forces.

J'approuve.

— T'y viendras comme les autres. Tu veux un petit déj' ?

J'ai même pas le temps de répondre qu'elle me tire le bras pour me faire asseoir. Sans prévenir, elle me relève le menton, et Jean-Paul II me fait un nouveau clin d'œil.

— Il t'a même pas mordue ! (Elle me rabaisse le menton d'une pichenette.) T'inquiète, ça va venir. (Elle se marre.) Plus vite qu'un pet dans une tornade, il va te prendre.

Je sais pas vraiment comment réagir à ses vannes mi-lard mi-cochon, alors je vomis.

— Beueurk, merde ! (Elle s'arrache du pieu.) T'as dégueulassé la tire de Le Loup et maintenant tu veux m'arroser ? Je te préviens, tu me le paieras, ma cocotte.

— Désolé, je dis en essayant d'apercevoir ses yeux entre ses coquards.

Elle hoche la tête, empoigne son verre et le secoue au-dessus de sa bouche pour récupérer une dernière goutte.

— Je suis là pour te servir ton petit déj'. Alors debout.

Je m'extirpe du pageot et je décolle le sac-poubelle qui adhère à mes guibolles.

— Faut que je…

— D'un côté c'est le placard, de l'autre le chiotte, je te laisse tenter l'aventure.

Je me dirige vers une des deux portes sans voir mes panards, qui s'enfoncent dans la fourrure. J'ouvre la première. Il fait noir dedans et j'entends des criquets. Je la claque et j'ouvre l'autre.

Ça pue le fauve, ça doit être la bonne. Je barbote dans une fourrure encore plus épaisse jusqu'à une espèce de planche de bois percée à côté d'un grand miroir craquelé.

Je me regarde dedans. Je suis un peu défrisé mais c'est ma faute, j'avais qu'à suivre le conseil de Sundae qui m'avait dit de mettre une pré-couche de masque capillaire VO5 avant de me laver les tifs. N'empêche que Pooh a raison, j'ai pas la moindre trace de dégueulis et, à part ma jupe écossaise et mon corsage de coton qui sont un peu froissés et mes chaussettes redescendues, je suis déçu de voir que j'ai presque pas changé depuis que je me suis cassé du Doves.

Pooh m'attrape le bras quand je sors de la salle de bains.

— Faut que je te donne à bouffer, alors magne-toi.

Elle me tire au dehors de la grange reconvertie, claque la lourde en bois derrière nous et met le verrou.

— Beuh, y a des roses qui sentiront jamais la rose, elle dit en se pinçant le nez et en montrant du doigt les fleurs jaunes qui poussent sur les choux puants [1] le long des marécages comme des yeux d'hépatiques.

On passe à côté de roulottes rouillées, dans des teintes pas déplaisantes de mauve ou de cuivre, et de cabanes en tôle déglinguées avec des rideaux en velours rouge, et on arrive dans le parking des camions. Des semi-remorques stationnent en équilibre précaire sur d'énormes bandes goudronnées disjointes qui entourent, comme des pétales de marguerite, un restau routier délabré. À son sommet, on voit une enseigne au néon magenta avec trois béquilles entrecroisées comme les épées des mousquetaires.

— Three Crutches [2], dit Pooh. Fondé par trois gagneuses à la gueule cassée. Au fait (elle appuie sa main sous mes yeux), t'as pas encore les stigmates des Crutches ?

Je détourne ma figure et, ça y est, ça me tombe dessus. J'ai des larmes plein les quinquets.

— Aah, voilà, ça vient ! elle dit en se marrant.

Je m'accroupis par terre et je me tiens les yeux, qui me brûlent si fort que je peux pas les ouvrir.

— Je vois rien, Pooh !

Elle se marre toujours.

---

1. Nom local d'une plante des marais, de la famille des arums, dégageant une odeur fétide. *(N.d.T.)*
2. Trois Béquilles ; mais peut signifier aussi : Trois Entrecuisses. *(N.d.T.)*

— Mes yeux, Pooh, mes yeux !

Je les frotte à mort pour arrêter les pulsations de feu.

Elle se marre de plus en plus, me saisit par les dessous de bras et me relève.

— Allez, hop, Shirley Temple. Pas le temps de jouer, je dois te donner à bouffer.

— Je vois que dalle ! je crie en titubant. Je suis aveugle, Pooh, par pitié !

— Bienvenue au Three Crutches, poupée ! Allez, on y va.

Elle me tire d'un coup sec.

J'avance en m'accrochant à elle de la main gauche et en m'astiquant les paupières de la droite. Je bute contre un escalier, je me casse la gueule.

— Debout, debout…, elle râle en me relevant.

Alors ça m'attaque encore plus fort. Une affreuse odeur âcre nous prend à la gorge. Toutes sortes de trucs commencent à couler de mon nez.

Des marches en aluminium résonnent sous mes pieds. Je tâtonne, je cherche une rampe, j'en trouve pas et je m'accroche à Pooh des deux bras.

— S'il te plaît, aide-moi, Pooh, je suis aveugle ! je chigne.

— Arrête de renauder. T'as voulu venir, pas vrai ? Eh ben, t'as gagné ! (Elle me traîne sur les dernières marches.) T'avais qu'à pas faire ta mijaurée avec Le Loup

J'entends un carillon de porte et je reçois la chaleur de l'intérieur en pleine face.

— Je vois rien ! je gueule, paniqué, en espérant que quelqu'un aura pitié de moi et appellera un toubib pour me sauver. Je vois rien ! Et j'ai la figure qui fond !

— Pooh, t'es pire qu'un gosse avec une boîte d'alloufs et un chat de gouttière ! lance la voix rauque d'une femme. Je suis sûre que Le Loup apprécierait pas s'il savait que tu tortures sa petite nouvelle !

— Je lui ai rien fait, Stella ! regimbe Pooh.

— Donne-la-moi…

Pooh m'abandonne à d'autres bras. Je me sens transbahuté en arrière à la vitesse d'un grand huit pour atterrir sur des genoux.

— Passe-moi le spray, Lymon !

Cette femme est un vrai sac d'os et, comme en plus elle sent la terre humide, j'ai l'impression d'être bercé dans un nid de brindilles. Je me frotte désespérément les châsses.

— Salut, chérie, je suis Stella et Pooh a juste voulu te charrier un peu. Méchante Pooh, méchante… Là, c'est fini… (Une fine brume parfumée au jasmin m'inonde la figure.) Ouvre les mirettes, ouvre…

Elle me soulève les paupières et de minuscules gouttes me rentrent dans les yeux. Ça les calme illico.

— Pooh t'a pas filé de rondelle, hein ? Tss tss…

Je commence à papilloter, mes yeux absorbent la brume apaisante comme des mouillettes dans du lait.

— Pooh! elle râle encore. Là... (Elle me fourre un truc sous la lèvre supérieure. C'est si amer que j'ai la bouche en serpillière. J'essaie de recracher.) Eh, eh... crache pas... c'est un bout de rondelle de citron et si tu veux retrouver la vue laisse-le où il est.

Elle me plaque sa main qui sent la terre sur la bouche.

— Voilà, maintenant ferme les yeux et attends qu'ils guérissent. (Elle m'appuie sur les paupières et se met à palucher ma tronche toute transpirante de jasmin.) Pooh a juste peur que t'aies une meilleure odeur qu'elle, mais personne n'a une meilleure odeur que Pooh, pas vrai, Pooh?

J'entends des rigolades autour de nous.

— C'est ça, pisse-moi dans le dos et dis-moi qu'il pleut! gueule Pooh. Z'êtes qu'une bande de paumées, toutes autant que vous êtes! Eh ben, pas moi! J'ai des choses à faire!

Et elle décarre fissa dans l'escalier en aluminium.

— Plutôt une odeur de cornichon, je dirais, lance quelqu'un.

— Je me ferais du mouron si j'étais Pooh, dit une voix d'homme haut perchée. J'aimerais bien te goûter...

Je sens dans mes cheveux des doigts imprégnés de la puanteur du dehors et j'ai les yeux qui gonflent de nouveau.

— Lymon! Retourne dans la cuisine. Elle a même pas encore les marques de morsure... tu veux déjà lui

sucer la pomme ? Tu mériterais que je le dise à Le Loup !
Allez, dégage !

Stella repousse Lymon si fort qu'elle me fait dégringoler dans le mouvement. Je me ramasse par terre et j'expulse le bout de citron, qui fuse comme une balle. J'ouvre les yeux et je vois, dans le flou, le quartier de rondelle voler dans les plumes d'un rapace perché sur l'appui de fenêtre.

— Oh, merde… j'ai fait tomber mon bébé.

Tout le monde se marre en biglant le rapace qui se met à battre des ailes et à grincer comme un chat qui s'est fait marcher dessus. Alors ils se précipitent pour le calmer en imitant des cris d'animaux de basse-cour pour lui rappeler ses proies préférées et le ramener à de meilleures dispositions après l'insulte.

Tout d'un coup, je me mets à chialer. Pas à cause de cette saleté d'odeur qui me donne envie de m'arracher les yeux de la tête. Pas à cause de mon gadin sur le sol et de cette bande d'inconnus que je vois à peine, qui se bidonnent et me délaissent pour un rapace. Je pleure toutes les larmes de mon corps parce que, soudain, Sarah me manque, même si elle se rappelle pas souvent qu'elle est ma mère.

— Oh, j'espère que je t'ai pas amochée ? Le Loup me ferait la peau si je t'avais amochée, ma mignonne. Rien de cassé ?

Les doigts pointus de Stella me triturent comme si j'étais une poupée de chiffon.

J'essaie de lui répondre que j'ai rien de cassé mais, quand j'ouvre la bouche, tout ce qui en sort, c'est :

— Sarah, Sarah, Sarah.

— Sarah ? C'est ton nom ? C'est un joli nom. Peut-être que tu seras comme la Sarah de la Bible et que le Seigneur t'engrossera quand t'auras l'as de pique aussi desséché que du cuir de porc.

Stella me tapote la tête.

— Le Seigneur peut donner la malédiction de la vie aux êtres les plus improbables, dit sentencieusement une autre femme.

— C'est bien pour ça que j'ai jamais voulu me faire faire les trompes ! Je sais que Jésus fera de moi un exemple, tout juste comme il a fait avec Sarah, dit Stella en me tapotant encore la tête.

— Et pourquoi qu'il t'engrosserait ? Je rate jamais la messe et j'ai le vagin aussi sec qu'un puits au Sahara ! Et puis le Seigneur sait bien que je me moquerais pas de lui si je me retrouvais enceinte comme notre amie Sarah ici présente, dit la femme en se penchant vers moi pour me tapoter elle aussi, mais l'épaule, pas la tête.

— J'ai encore jamais été enceinte, je proteste entre deux sanglots.

— Ouh, ça, ma petite, on n'a pas de lard sans faire bouillir le cochon.

— Quand j'ai eu mes triplés, j'avais mis cinq couches de caoutchouc et je m'étais enfoncé un cornet en papier d'alu avant pour plus de sûreté..., dit une femme si

67

maigre et si blanche qu'elle ressemble à une hostie en forme de corps du Christ. Alors ça peut arriver aussi à notre Sarah.

Et elle me tapote le cou.

— Je crois pas avoir jamais été enceinte…, je dis en m'essuyant la figure.

— Eh, Mary Grace, est-ce que le Seigneur t'a dit ce qu'il allait te faire ?

— T'as entendu le *Seigneur* ? crie Lymon pendant que le rapace fend l'air et nous canarde.

— Peut-être que j'ai déjà porté un bébé sans le savoir, je dis en ravalant mes larmes.

Je m'appuie sur le ventre, mais ça me donne toujours la même sensation de creux.

— Eh ben, j'ai vraiment cru L'entendre, une nuit, quand j'avais encore mes bébés dedans, dit Mary Grace. J'avais le ventre qui bougeait, qui se soulevait, et y avait des voix qui sortaient de ma personne, mais je me suis aperçue après que c'étaient seulement des gaz.

— Mary Grace, t'as tout simplement été touchée par du sperme acide. Il paraît que certains routiers ont le jus tellement plein de poussière de charbon qu'il peut prendre feu à travers une capote en bois ! dit une autre femme.

— Et ça peut produire des gaz très désagréables, confirme Lymon.

— Je sais que j'ai déjà ressenti des mouvements à l'intérieur, je murmure en me rappelant toutes les fois où des fiancés de Sarah venaient me voir, quand elle travaillait tard dehors.

Ils balançaient des bouteilles vides dans le noir, soulevaient mes couvrantes et me rentraient dedans en silence et en force. J'aimais bien ceux qui restaient avec moi après et me serraient dans leurs bras tellement fort qu'ils auraient pu me craquer en deux. Ils me caressaient le ventre et chuchotaient dans mon oreille « bébé chéri, bébé chéri, je suis dans toi, bébé ». Je me rappelle aussi le sang après, quand ils ressortaient de moi. C'était comme s'ils me retiraient tout, le bébé chéri en même temps que mes entrailles. Puis ils l'emportaient avec eux.

Je serre le poing et je cogne sur le vide que j'ai dans le ventre.

— Pourquoi tu te cognes dessus ? dit Mary Grace en me rabattant les mains d'une tape. Fais pas ça. Tiens, prends un zeste de citron.

Elle glisse un morceau d'écorce amère sous ma lèvre.

Je suce le citron et l'amertume me nettoie le gosier.

— Voilà, elle dit en me tapotant la tête. Ça va mieux maintenant, tes yeux ?

J'acquiesce.

— Allez, relève-toi, dit Stella en m'agrippant sous les bras. Faudra que tu gardes ce citron dans ta bouche tant que t'auras pas mangé ici assez longtemps pour être immunisée.

J'acquiesce encore.

— Mais n'oublie quand même pas de l'enlever avant

de tailler une plume. La plupart des routiers s'astiquent le manche en roulant, une main sur le levier de vitesses et le volant entre les genoux. Résultat, ils t'arrivent avec le machin effilé comme un cure-dents, tout raboté et couvert d'ampoules. Quand Pooh a débuté ici, elle a fait tellement de pipes au citron que l'infirmerie était toujours bourrée de mecs pleins de bosses à force de se cogner le crâne contre le plafond de leur cabine.

Stella me berce dans ses bras ossus et marbrés de bleus.

— Tu t'habitueras au goût avant que cette grimace te file des crampes, dit Mary Grace en s'effaçant d'un pas léger.

— Je vais commencer tout de suite ton immunisation. Lymon, apporte-nous une grande assiette de hachis de foie frit avec de la sauce aux graillons, une tranche de gras double au sirop de sorgho et des tapinettes pour tremper, crie Stella en me transportant vers la salle de restau. Et, bien sûr, un gros tas d'oignons musqués.

— Des oignons musqués…, gloussent les autres.

— Tu crois que Le Loup veut la mettre tout de suite aux oignons? dit Petunia. Il veut peut-être la présenter comme la seule fille sans flatulence musquée. Une sacrée pub qui pourrait attirer du monde…

— T'as peut-être pas tort, Petunia, dit Stella en me posant dans une salle éclairée par des tubes orange. Seulement, si elle se met pas aux oignons, elle pétera peut-être pas mais elle sucera le levier de vitesses au lieu du baigneur tellement elle sera bigleuse. Je sais que nos gar-

70

çons aiment encore mieux un vibromasseur qu'une pute désodorisée. Sinon, tu serais au chômage.

Stella attrape un paquet de serviettes dans le distributeur et éponge mes dernières larmes.

— Plus tu bouffes des musqués, moins les mecs t'emmerdent, elle ajoute en me mouchant.

Je fais oui de la tête.

— T'as jamais bouffé d'oignons musqués ? demande Pétunia, incrédule.

Je fais non.

— T'es pas une vraie Virginienne, alors, dit Stella en rigolant. Les oignons musqués, c'est comme les oignons…

— Mais en dix fois plus fort ! dit Petunia.

— Lymon va les cueillir dans la montagne et on se fait un vrai festin, dit Stella en balançant des poignées de sel par-dessus son épaule.

— Mais ceux-là, attention, quand ils sont frais cueillis, avant de baigner dans le gras, ouh mes aïeux ! Ils brûlent comme la chaude-pisse… si on peut attraper la chaude-pisse par les yeux, je veux dire, mais il paraît que ça se produit des fois, dit Petunia.

— Donc faut en manger pour pas être gênée par leur odeur quand ils sont crus. Ça immunise. Pauvre petite qui a jamais mangé de musqués… tss tss.

— Oh, je dis.

Je veux leur parler des échalotes que Bolly fait revenir

avec du homard au safran dans une réduction au chocolat, mais je me ravise.

— Voilà voilà…, dit Lymon en déposant trois assiettes fumantes devant nous sur la nappe en toile cirée.

J'ai de nouveau les yeux qui mouillent. J'ai à peine levé la main pour les frotter que Lymon m'asperge de spray adoucissant. Stella retire la rondelle de sous ma lèvre et enfourne dans ma bouche une fourchée de musqués. Je mâchouille les oignons gras et caustiques en papillotant des mirettes.

— Je te filerai une bombe de spray que tu pourras garder, dit Stella la bouche pleine. Alors, ces musqués, t'aimes ça ?

J'acquiesce, nostalgique des oignons doux à la menthe et au basilic que Bolly sert avec l'esturgeon.

— Et comme dessert t'auras du sorbet aux musqués et aux tomates avec de la mayonnaise !

— J'ai même des cookies aux pommes aigres, murmure Lymon dans mon oreille en enfonçant sa langue jusque dans ma trompe d'Eustache.

Et vite il m'arrose de spray pour bloquer les larmes que m'arrache déjà l'odeur de ses oignons.

Stella continue à boulotter et à me donner la becquée. Je mâche et j'avale aussi vite que je peux, mais elle augmente la cadence, je peux plus suivre, je ferme la bouche et elle me plante sa fourchette dans les lèvres.

— Mmmmm ! je fais, la bouche toujours fermée.

— Ooh, excuse… tu saignes ? Oh, un tout petit peu, là…, elle dit en me bombardant de serviettes en papier.

— Le Loup va demander pourquoi la bouche de sa nouvelle fille fuit comme un arrosoir et je lui dirai qu'il faut remercier Stella pour les trous supplémentaires !

— Petunia, tu vas perdre les dents qui te restent… Ça augmentera tes capacités fellatrices, remarque.

— Pfff ! dit Petunia.

— Tu saignes plus, Sarah ? demande Stella en me débâillonnant. (Je fais non et je tamponne mes coupures.) J'ai cru entendre que t'avais eu un bébé ?

Je m'éclaircis la gorge et je dis :

— J'ai eu des bébés dans mon ventre, mais ça me semble pas possible. Comme Sarah dans la Genèse. C'est arrivé à ma maman aussi.

Elles opinent du chef.

— La Bible est très pratique pour apprendre l'amour et la tolérance à ses proches, dit Stella à Petunia.

— Ils t'ont chouré ton bébé pour faire du don d'organes ? demande Petunia en montrant une langue pleine de hachis grisâtre.

— Après, je saignais toujours, je réponds en ouvrant la bouche pour recevoir le morceau de « tapinette » à la farine de maïs que me présentent les doigts de Stella.

— Si t'as saigné, tu peux être sûre que c'est un Yankee qui est venu te le voler avec ses sales pattes collantes comme des étrons au soleil sur le goudron. Les entrailles de ton bébé ont été revendues depuis belle lurette et ça carcasse jetée dans un incinérateur sans enterrement chrétien! gueule Petunia en crachotant des bouts de gras dans ma figure.

— Mais ma propre mère savait pas qu'elle m'avait, et je pense pas que des Yankees aient volé mes entrailles. C'étaient surtout des routiers, je dis.

— Des Yankees qui se faisaient passer pour des routiers, je parie! dit Petunia.

— Ma mère me foutait une raclée quand elle voyait le sang. Elle gueulait que je lui avais volé tous ses bébés, je dis en visualisant mes culottes avec les petits grumeaux écarlates que je laissais traîner exprès pour qu'elle les trouve, pour savourer mon importance du moment juste avant qu'elle tende la main vers la ceinture.

— Oh, Petunia, c'est pas honteux, ça! dit Stella. C'est le monde à l'envers, ta maman qui t'engueule parce que ces voleurs de Yankees lui ont piqué ses petits-enfants et tes entrailles.

— Je savais qu'il me manquait quelque chose à l'intérieur, je dis.

Je me rappelle, quand les routiers se tiraient, et ils se tiraient toujours, comment Sarah s'asseyait et se tapait dans le ventre.

— Nous sommes en présence d'une véritable figure tragique. Faut prévenir Le Loup que notre Sarah peut tomber raide morte à n'importe quel moment et qu'il faut y aller mollo avec elle.

— Non, si on dit à Le Loup qu'elle a une santé fragile, il la fera travailler deux fois plus pour rentrer dans ses frais !

— À qui il t'a rachetée ? demande Stella en me fourrant une grosse pelletée d'oignons musqués dans la bouche.

— Il m'a pas racheté. Je l'ai rencontré chez le Jackalope.

— Alors il t'a volée ? fait Petunia, sidérée. Eh ben, pas étonnant qu'il a déposé une vipère noire ventre à l'air sur le terre-plein de l'autoroute.

— Pourquoi ? je dis en dégustant une cuillerée bizarrement savoureuse du sorbet mayonnaise aux oignons et à la tomate que Lymon a silencieusement placé sur la table pendant nos conversations.

— Une vipère noire ventre à l'air sur une clôture ou un terre-plein d'autoroute fait pleuvoir, même si le ciel est bleu ! Tout le monde sait ça ! (Au même moment, un éclair illumine le restau, suivi d'un coup de tonnerre.) Et, quand il pleut, on s'active plus qu'un colleur d'affiches manchot !

— Le Loup veut te faire rendre un maximum de pognon avant que ton homme vienne te réclamer. Aucun julot ne voudrait laisser échapper une gagneuse aussi mignonne qu'une nichée de bébés chiens comme t'es, explique Petunia.

Puis elle met les mains sur son front comme si elle avait une migraine et s'exclame :

— Ah hah ! T'es allée voir le Jackalope pour guérir

de ta récente perte tragique. Et tu l'as supplié de rétablir l'élasticité de ton vagin après l'avortement.

— T'aurais pu travailler comme voyante chez le shérif, Petunia, t'es plus douée pour déchiffrer les mystères que pour faire la pute ! dit Stella.

— Je trouve cette remarque très injurieuse. Je suis une excellente gagneuse. J'ai jamais eu besoin d'aller voir le Jackalope, pas comme toi avec tes pèlerinages hebdomadaires !

— Hein ? Je suis jamais allée voir le Jackalope !

Stella se lève et, comme j'étais sur ses genoux, ça rate pas, chtok ! je me ramasse par terre une fois de plus, sous la table.

Pendant qu'elles se crêpent le chignon en se balançant de la bouffe et en gueulant, Mary Grace vient s'accroupir à côté de moi.

— Cette rude adversité que t'as traversée dernièrement me chagrine profondément, elle dit en me tendant les bras. J'ai tout entendu et…

On se planque pour éviter une volée de couverts qui fuse en direction de la cuisine. Lymon me colle une rondelle de citron enrobée de sucre de canne sous la lèvre et laisse son doigt un peu trop longtemps dans ma bouche. Mary Grace l'extirpe d'un coup sec.

— Lymon ! elle dit en lui talochant la pogne.

— J'aurais jamais cru qu'elle était en âge de saigner. Elle est haute comme trois pommes, dit Lymon.

— J'ai jamais eu les règles, je dis.

Dans la cuisine, c'est l'effarement.

— Jamais? fait Mary Grace en me tapotant la main. T'es sûre?

Je confirme.

— J'ai déjà mis un tampon mais c'était pour des hémorroïdes…

— Ah, c'est pas le même trou, dit Mary Grace d'un ton grave.

Tout le monde approuve de la tête.

— Ma foi, tu sais ce qui est arrivé à Sarah dans la Genèse. Le Seigneur n'a pas besoin de sang pour donner un enfant à une femme. Mon Dieu! (Elle me caresse le visage.) T'es pas seulement une figure tragique, t'es un miracle descendu parmi nous.

Elle se signe et me baise la main.

Je sens une vague de chaleur monter en moi, comme si j'étais courbé sur le lit en attendant la caresse de la ceinture de Sarah.

— Merde! Maintenant Le Loup va vraiment faire payer cher la passe avec toi, gémit Lymon.

Le plongeur s'agenouille devant moi et se met à embrasser mes souliers blancs en chantant des cantiques en cajun.

— T'es peut-être la réincarnation de Sarah, la femme d'Abraham, et cette fois le Seigneur s'y prend plus tôt pour que t'aies pas cent berges quand ton moutard en aura dix, dit un des coupeurs d'oignons.

J'opine solennellement et j'imagine la vraie Sarah,

là-bas au Doves. Ça me fait bicher mais, en même temps, j'ai comme un remords à l'idée que je tire toute la couverture à moi alors qu'elle a droit à sa part de gloire aussi et qu'elle mérite encore plus que moi d'être une icône religieuse, vu qu'elle a perdu ses entrailles un millier de fois et qu'elle m'a donné naissance sans le savoir.

— Le Loup saura pas s'il doit te sauter ou te vénérer ! dit Lymon, et Mary Grace lui retourne une baffe.

Stella et Petunia rappliquent de la cuisine en coup de vent.

— Sarah que voici est, selon toute probabilité et vraisemblance, la Sarah de la Genèse réincarnée, leur dit Mary Grace en se signant encore.

Stella hoche la tête et Petunia se jette à mes pieds, en glissant sur ses genoux, emportée par son élan comme un joueur de base-ball en bout de course.

— Je suis sûre que le journal télévisé et même l'*Enquirer* seront ici d'une minute à l'autre ! Ils savent toujours quand y a un événement surnaturel quelque part dans le monde. Il paraît qu'ils ont engagé une équipe de voyants spécialement pour les tenir au courant des actualités miraculeuses.

Un éclair aveuglant s'allume dans le ciel et un grand coup de tonnerre fait sursauter tout le monde.

— Normalement, tous les plombs auraient dû sauter avec une foudre pareille ! dit Lymon, complètement baba.

— J'ai même pas vu une étincelle, dit un coupeur d'oignons.

Ils se mettent tous à gémir comme des flagellants et s'agenouillent devant moi.

— Qu'est-ce que vous foutez? dit Pooh en claquant la lourde derrière elle.

Personne ne moufte. Je sens des mains glisser le long de mes petits souliers et de mes mi-bas comme une procession de doryphores.

— Salut, Pooh, je dis d'un air détaché avec un grand sourire.

— Mais, nom de Dieu, qu'est-ce que vous foutez, à la fin? elle demande en se ramenant.

— Il faut l'annoncer à Le Loup! Où il est, Pooh? murmure Mary Grace sans me quitter des yeux.

— Lui annoncer quoi?

— Que Sarah ici présente est une figure biblique réincarnée! proclame Stella.

— Ou peut-être une possédée, dit le coupeur d'oignons, qui se fait rembarrer aussi sec et rectifie : Possédée comme une sainte, je veux dire.

— De quoi?! (Pooh me mitraille du regard et je baisse la tête, gêné.) D'abord elle est She-Ra la princesse et maintenant c'est une sainte?!

Elle crache, tout le monde fait «oh» et trois mains, de trois personnes différentes, se posent sur mes yeux, mes oreilles et mon nez pour me protéger des blasphèmes de Pooh. Mais je l'entends quand même bennir :

— Vous voulez savoir où est Le Loup ? ! Il est en train de faire nettoyer l'intérieur de sa Trans Am que sainte She-Ra a arrosé d'une tornade de dégueulis avant d'en ressortir toute propre comme une couille de petit chien.

— Ooh, je sens la présence ! gémit le plongeur en retirant ses mains de mes yeux. Mes paumes sont plus brûlantes qu'un cul de chèvre dans un champ de piments !

Les autres retirent leurs mains de mes oreilles et de mon nez et soufflent dessus comme si elles étaient en flammes.

— Tu dis qu'elle a gerbé comme une tornade dans la Trans Am de Le Loup ? demande lentement Stella.

— Tout juste, voilà ce qu'elle a fait, votre sainte, après avoir torché mon whisky durement gagné, même que je suis sûre que vous m'en avez picolé aussi, telles que je vous connais, pour être siphonnées comme ça !

— Et elle s'en est pas foutu une seule goutte sur elle ? dit Petunia d'une voix tremblante.

— Ouaip, comme un moutard bordé de nouilles ! Mais, moi, elle m'a pas ratée, je peux vous dire !

— Pooh, pourquoi tu nous as pas parlé tout de suite de ce miracle ? ! dit Mary Grace, bouche bée.

— Alléluia ! Alléluia ! Alléluia ! crie quelqu'un.

— Mais qu'est-ce qui vous prend, bordel ? gueule Pooh.

— Depuis le temps qu'on attendait ça, dit Stella en

massant mes mollets. Maintenant, Three Crutches sera sur la carte !

— Ça lui fera les pieds, à ce Jackalope, murmure Petunia en me léchant les grolles.

— Quelle bande de cornichonnes vous faites ! D'accord, d'accord, c'est une bonne blague, vous m'avez bien eue, ha ha ha ! Maintenant, assez rigolé, faut que je prépare She-Ra pour que Le Loup la baptise, alors si vous voulez bien vous pousser...

— Stella, n'oublie pas de dire à Le Loup qu'il a pas de raison de la baptiser. C'est déjà une sainte du trottoir, dit Mary Grace.

Pooh me regarde d'un œil mauvais.

— C'est une pute, vu ? Rien qu'une pute, comme les copines. Pas plus sainte que vous et moi, d'accord ? Elle va gagner sa monnaie sur le dos, comme vous toutes, dès que la nuit va tomber, alors réveillez-vous. D'accord ? !

Pooh tend le bras pour m'empoigner.

— Oh non, oh non, Sarah ne peut pas travailler comme toi, Pooh, dit Lymon en l'arrêtant d'un geste, toujours à genoux. Elle a pas d'entrailles. Le Seigneur peut la prendre à n'importe quel moment.

Pooh me lorgne à la vacharde, les prunelles en vrille.

— Depuis le début, t'as quelque chose qui me revient pas. J'ai vu ça tout de suite dans tes yeux. (Elle recule vers la porte.) Y a du vorace dans tes yeux. Je pense que t'es une vipère noire et que t'as jeté un sort à tout le monde. Eh ben, pas à moi, on me la fait pas ! Et à Le

81

Loup non plus, tu peux être sûre, il marchera pas dans ta combine.

— Voyons, Pooh, si c'était une vipère noire comme tu dis, explique-moi comment elle aurait pu franchir les arbres plantés autour de ce restaurant. Tu sais bien que les arbres protègent contre les vipères noires! dit Stella.

— Une vipère noire peut quand même passer au travers, si elle se glisse dans la peau d'un serpent à sonnette, dit le coupeur d'oignons.

Personne ne fait attention à lui.

— Vous me prenez pour une pomme? Faut vous faire décaper la cafetière! Et toi... (elle pointe le doigt sur moi) tu me le paieras. Tu perds rien pour attendre.

Elle pivote et décarre vers la porte.

— Allez-y avec délicatesse comme si c'était un beignet de tomate brûlant, dit Stella en dirigeant le cortège des porteurs et porteuses qui me transbahutent délicatement, sur les coussinets de leurs doigts, du restau vers un lieu de repos où je pourrai attendre tranquillement l'assaut des médias.

— Elle est plus légère qu'un pet, dit le coupeur d'oignons.

— Tu le serais aussi si t'étais une sainte sans organes, dit le plongeur.

Tout le monde les fait taire et ils me transportent

dehors, par l'escalier en alu, en chantant «Jésus doit-il porter seul sa croix?» en *la* mineur.

— Jésus doit-il porter seul sa croix et le monde aller sans fardeau? ils chantent.

Je bigle les nuages gris qui jouent à saute-mouton comme dans un numéro de cirque.

— Non, chacun doit porter sa croix, je porterai la mienne…

J'ai l'impression de flotter sur des centaines de cotons-tiges.

— La sainte Croix je porterai jusqu'à ce que la mort me libère…

Avec l'odeur d'ozone de la pluie prochaine autour de moi et le ciel bas au-dessus, je me sens en état de grâce et plein de tendresse.

— Et reviendrai ceindre mon front de la couronne qui m'attend…

Je laisse mes bras pendre de côté, en T, et pour la foule qui me porte le symbole est clair. Ils gémissent de ravissement.

— Ô Croix, Tu nous sauveras! Ô Croix, nous ressusciterons! ils chantent de plus en plus fort et je fredonne en même temps.

— Anges descendez des étoiles…

Un des porteurs change sa prise : au lieu de me soutenir le cul du bout des doigts, il me colle les mains aux fesses et serre un peu.

— Et emportez mon âme…

83

— Lymon ! grogne quelqu'un à mi-voix, et les mains me lâchent le derrière.

Je ferme les yeux. Je flotte. J'imagine Sarah à côté de moi. Je tends le bras vers elle et elle me laisse lui prendre la main.

— Il voulut mourir à ma place pour que vive une âme de peu…, ils chantent et je fredonne « Cloué sur la croix » en *fa*.

Je souris à ma maman. Elle déteste les cantiques mélo, mais elle aime bien ceux qui donnent des détails sur les tortures de Jésus. Elle râle toujours après les gagneuses qui ont rencontré Jésus.

— Ton Jésus, c'est comme n'importe quel routier qui lève une pute et lui promet la lune. Il la persuade qu'il est le Fils de Dieu et il la laisse tomber pour aller troncher ailleurs. Et comment qu'elle fera pour gagner son fric si elle prend l'habitude de dormir sur le côté, hein ? (Elle crache.) Christ de mon cul ! Les dollars, ça tombe pas du ciel, ça tombe des routiers. File-moi le premier clou, que je l'enfonce !

— … mes péchés sont lavés. Ils sont cloués sur la croix, ils sont cloués sur la croix…

— Tu me le paieras, me dit Sarah avec son mauvais sourire, les yeux scintillants comme des flocons bleus.

— Cette fois, c'est différent, je murmure.

— Il portait les péchés du monde ! Ô angoisse et souffrance…

Elle retire sa main et dit avec une grimace teigneuse :

— Tu voles ce qui m'appartient. Comme toujours. Et comme toujours je te le ferai payer.

Elle cligne de l'œil et pointe le doigt vers le ciel.

— Jésus est monté sur la croix! Mais Il a emporté mes péchés.

J'ouvre les yeux et je vois un vautour qui décrit des cercles au-dessus de nous, ses ailes bicolores déployées en V. Une grosse goutte de pluie s'écrase sur mon front.

— Y a de l'orage qui se prépare, dit Lymon en me pelotant le cul par courtoisie.

— Il est bien trop tôt pour les cantiques! tonne la grosse voix métallique de Le Loup, qui nous interrompt en plein «Sous la croix de Jésus» en *ré* bémol. Et pourquoi vous portez ma nouvelle poupée en procession comme des mômes du catéchisme le jour de Pâques?

Je relève la tête. Le Loup est debout devant la porte de sa grange et Pooh, planquée derrière lui, nous zieute en gloussant.

Stella fonce vers Le Loup et lui parle avec ferveur en me montrant du doigt. Pooh roule des prunelles, se goberge et glaviote par terre. Le Loup braque ses petits yeux sur moi. J'essaie de prendre un air virginal en écarquillant les mirettes.

Quand Sarah guigne l'homme d'une autre, elle se fait des couettes et s'entraîne à arrondir les yeux devant la glace.

— Pour allumer un homme, y a rien de tel que de lui faire croire que t'es une pucelle pas décapsulée. Pour

85

le sang virginal, le mieux, c'est ça, elle dit en glissant un sachet de ketchup Burger King dans son soutif. Ils se prennent pour le Bon Dieu.

— Bon, descendez notre petit ange ! dit Le Loup avec des gestes précis comme s'il guidait un semi-remorque.

— Faut la mettre au lit ! insiste Petunia.

— Toutes mes poupées se font mettre au lit, Petunia, dit Le Loup avec un clin d'œil.

Petunia dodeline de la tête avec un sourire pincé.

— Faites entrer la sainte ! il s'impatiente. Par ici, par ici.

Ils me transportent à l'intérieur. En me voyant passer, Le Loup me reluque de long en large, en salivant comme si j'étais un plateau de hors-d'œuvre.

Pooh rigole en douce par-derrière jusqu'à ce qu'on entende un grand « paf » suivi d'un « aïe ». Je regarde et je la vois, pliée en deux, qui se tient la figure à deux mains, pendant que Le Loup continue à sourire en silence.

— Je vois que t'as préparé tes draps baptismaux, dit Stella en montrant les draps de satin zébrés noir et blanc sur lesquels on me dépose gentiment. Elle en aura pas besoin...

— Je comprends, dit Le Loup d'un ton effectivement compréhensif mais pas tant que ça.

Le poster en 3D du pape Jean-Paul II au plafond me fait de l'œil avec un petit air salace. Ils sont tous debout autour du pieu à me regarder. Je leur fais une risette et un petit signe du bout des doigts comme j'ai fait à Pooh plus tôt dans la matinée.

Deux claquements de mains provoquent un sursaut général.

— Bon, ça va, maintenant, merci de l'avoir amenée ici.

Le Loup claque encore des mains et tout le monde se barre à la queue leu leu en fredonnant « Nous ne T'avons pas vu » en *fa*.

— Alors comme ça, t'es une sainte, dit Le Loup d'une voix étouffée en s'asseyant sur le lit, penché sur moi, les yeux luisants d'impatience.

J'entends Pooh sucer ses dents. Je bouge pas.

— Bon, Pooh, je suppose que t'as du travail, ce soir. J'espère que ce Jackalope t'a fait du bien.

— Le Loup, tu crois pas que c'est une sainte, quand même ? elle dit en reculant pour se mettre hors de portée de baffe.

Le Loup joue avec mes boucles comme un chat avec la queue d'une souris.

— Qu'est-ce que ça peut foutre ? il lui répond avec un sourire en coin. Pute ou sainte, c'est du kif, du moment qu'elle fait remonter du pognon, il dit en se marrant.

Pooh me balance une œillade saumâtre. Je pose ma tête dans la main de Le Loup.

Je souris à Pooh en imitant Sarah quand une fille fonce sur elle au pas de charge avec un tesson de bouteille au poing. Dans ces cas-là, je croise les bras et je la regarde se blottir dans les bras de son homme, ses lèvres carmin figées dans un sourire béat. Planqué dans les rais de lumière poussiéreux au fond du bar, je regarde le mec balancer une canette à la râleuse en lui criant de dégager en vitesse, et Sarah se lèche les babines, triomphante.

— Casse-toi, Pooh, dit calmement Le Loup.

Pooh essaie de renâcler, mais Le Loup montre le poing et elle se taille en claquant la porte.

— Faut qu'on mette nos miracles en pratique, il me dit en tirant doucement sur mes tifs.

La pluie n'est jamais tombée, cette nuit-là. Il y a eu du tonnerre, des éclairs et quelques grosses gouttes, mais sans plus. Un miracle, de toute évidence. Seule une sainte était capable de contrecarrer le maléfice d'une vipère noire. Y a eu des rumeurs comme quoi la foudre aurait mis le feu aux arbres, preuve que le mauvais œil de la vipère noire était bien là. Mais Stella a dit que c'étaient des racontars de jaloux hérétiques qui répandaient des faux bruits par méchanceté.

Le fric n'est pas beaucoup tombé non plus, cette nuit-là, du côté de Pooh. Tous les routiers voulaient me voir, allongé sur les draps de satin zébrés. Ils murmuraient des prières pour avoir un camion Kenworth Série Limitée avec un lit à eau chauffant dans la cabine et être débarrassés de cette étrange sensation de brûlure qu'ils avaient dans la région du bas-ventre. Le Loup allumait des bougies et leur serrait la main, trop fort, jusqu'à ce qu'ils aient lâché une obole consistante dans l'assiette.

Les journalistes de la télé sont pas venus, mais les gagneuses ont quand même continué à suivre les cours de maquillage Mary Kay en s'exerçant à parler avec des voix d'hôtesse de l'air devant les caméras pour être prêtes au cas où.

Pooh racontait à qui voulait l'entendre qu'elle avait maintenant le pouvoir de lire dans les pensées et qu'elle devinait d'avance ce que voulaient les routiers, sans qu'ils soient obligés de s'abaisser à le lui demander franchement. Au premier coup d'œil, elle savait. Le Jackalope lui avait donné la double vue. Mais y en avait pas beaucoup qui l'écoutaient. Le Loup fourrait l'oseille qu'elle lui filait dans ses bottes et la repoussait. Elle lui amenait ses michetons épatés pour qu'ils témoignent de ses talents extraordinaires mais, quand les mecs avisaient le halo au-dessus de ma tête, ils étaient sciés. Les loupiotes soigneusement dissimulées par Le Loup projetaient une sorte de rayonnement semblable à la luminescence naturelle du Jackalope. Le Loup expliquait que c'était juste un supplément d'éclairage pour rehausser mon rayonnement inné que les routiers avaient du mal à voir à cause des longues heures de conduite de nuit qui leur abîmaient les yeux. Quand les michetons de Pooh entendaient les autres routiers certifier que leurs visites chez moi avaient été suivies de miracles, ils tombaient à genoux. Les gros pourliches qu'ils venaient apporter à Le Loup en remerciement des nouvelles aptitudes de Pooh étaient rapidement redirigés vers l'assiette à oboles, rallongés de 50 dollars et accompagnés d'une prière pour pouvoir passer sur la bascule de contrôle avec des remorques surchargées sans faire sourciller les inspecteurs. Pooh les papouillait en douce et les poussait du coude pour leur rappeler leur mission première. Mais ils faisaient pas gaffe à elle et murmuraient des suppliques devant moi, la nouvelle sainte patronne des routiers. Lassée de se faire rembarrer, Pooh tendait discrètement une mimine vers l'assiette pour griffer en douce le bakchich que le mec venait de lâcher, mais Le Loup avait l'œil. Quand je le voyais serrer le poing, je criais pour alerter Pooh. Elle se gourait sur mon intention, me lorgnait en coin, furibarde, et vlan ! elle se bloquait la mandale dans la tronche avant que j'aie pu trouver les mots.

Le Loup m'a jamais baptisé. Il m'est jamais monté dessus pour me prendre comme une bête sauvage dans la nuit, comme le racontent toutes ses gagneuses en montrant les griffures qu'il leur a laissées en souvenir. Il a jamais enfoncé ses crocs dans mon cou, sa manière d'imprimer sa marque, en déposant sa salive dans mon sang pour que le désir de satisfaire ses appétits me pompe le cœur éternellement comme un besoin de plus en plus pressant.

Le Loup se contente de me caresser la tête et de rajuster mes chaussettes. Tout comme Glad. Y a pas un seul routier qui me tripote non plus. Je suis comme une pièce de musée, personne n'a le droit de toucher. Sauf pour quelques séances privées réservées aux dévots désireux de participer plus généreusement à la collecte. Quand le donateur appuie ma main sur son cœur, je ferme les yeux sous la chaleur des projecteurs. Des fois, le mec me triture la paluche si fort que j'ai peur qu'il me la casse, mais je me mords la lèvre sans moufter pour pas forcer Le Loup à s'interposer.

Les robes que Glad me faisait porter ressemblent à des sacs à patates en comparaison des trucs à dentelles dont Le Loup me gratifie. J'ai l'impression d'être un édredon brodé étalé sur le lit.

Le Loup me touche même pas pour m'aider à me fringuer. Si je lui dis que j'arrive pas à atteindre le zip dans le bas de mon dos, ça reste ouvert.

— C'est parce qu'il veut pas te souiller, m'explique Stella en me donnant la becquée au pieu. (Je prends tous mes repas au pieu.) S'il reluquait cette peau douce et sacrée que t'as, ben… (ses lèvres tremblent) il pourrait être tenté de te baptiser et il damnerait son âme à jamais.

— Et surtout sa putain d'assiette à oboles, ajoute Pooh en crachant.

— C'est quoi, cette bosse sous ton corsage ? me demande Le Loup, un jour que je suis sapé dans un haut en soie particulièrement moulant.

— C'est une croix, hein ? Elle la porte toujours, dit Petunia. Ça doit être un de ces trucs faits main en bois sculpté. C'est chou, hein ? Je l'ai toujours vue à travers ses fringues.

Je confirme en mettant ma main sur mon os de pénis pour le planquer.

— C'est trop gros, dit Le Loup en comptant ses liasses de biffetons. Je t'en achèterai une plus raffinée au supermarché.

À contrecœur, j'enlève mon os de raton et je le jette par la fenêtre dans un des gros choux puants qui poussent sous la fenêtre de Le Loup.

J'envie Pooh, avec ses minijupes en cuir moulantes, ses boléros en lamé argent et ses talons casse-gueule, quand je la vois apporter à Le Loup des paquets d'oseille de plus en plus épais, qu'il étouffe dans ses bottes sans un mot de remerciement.

— J'espère que tu vas pas nous claquer dans les pattes trop tôt, dit Le Loup avec un demi-sourire après avoir été obligé d'installer des cordes en velours pour canaliser la foule de mes adorateurs, rapport aux risques de bagarres dans la queue en cas de bousculade et aux coups de feu toujours possibles contre les resquilleurs qui voudraient couper la file.

— Même les gagneuses en perdition qui vont voir le Jackalope ont pas besoin de barrages pareils pour serrer les rangs, rigole Stella.

— Faut croire que c'est plus important pour un routier d'entuber un inspecteur que pour une gagneuse de se faire entuber par un routier, dit Lymon en raquant la totalité de sa paie pour pouvoir me peloter les pieds.

Je reste couché là jour après jour, en biglant le pape. Je suis autorisé à m'isoler pour prendre un bain et aller aux chiottes. Autrement je dois rester allongé, et Le Loup me récompense avec des poupées Barbie en tout genre.

Pooh me charrie quand elle me surprend en train de jouer avec.

— Je joue pas pour de bon, je fais, et je les jette par terre.

Mais, pour dire le vrai, quand Le Loup me promet que, si je bosse bien (et j'ai rien d'autre à foutre qu'à me pâmer sur le lit avec des airs pieux), il m'achètera tous les derniers accessoires de Barbie, j'arrondis les yeux et je pense aux paquets de ketchup Burger King. Quand y a personne dans les parages, je sors mes coffrets de Barbie en vinyle de sous mon sommier.

J'habille les petits garçons en robes de rayonne et les petites filles en costard cravate. Je cours vers la fenêtre, je vérifie que personne m'espionne et, d'une toute petite voix, je mets en scène le drame de leur vie : les mères qui découvrent que leurs fils sont des saints et peuvent maintenant s'offrir des baignoires avec des placards bourrés de bains moussants et des armoires pleines de minijupes en cuir noir, les routiers qui vénèrent charnellement l'esprit de la forêt décoré d'un os de pénis de raton presque aussi grand que lui.

— Pourquoi je trouve toujours des cotons-tiges recourbés autour de ton pucier ? me demande Le Loup, soupçonneux, en se baissant pour en ramasser un.

— Les oreilles propres sont le premier signe de la sainteté, je lui réponds en agrandissant les yeux.

Mais la vérité, c'est que ces cotons-tiges sont des os de pénis de raton que certaines de mes poupées reçoivent en prime, noués autour de leur cou avec du fil dentaire. Elles sont sapées comme Pooh et Sarah, elles exercent leur don de double vue sur le camionneur Ken et sont tellement irrésistibles que même Glading Grateful

94

ETC et Le Loup tombent raides amoureux d'elles. Toutes les poupées s'assoient sur le lit de Mama Shapiro, bâfrent les gueuletons épicuriens de Bolly, se papouillent et font l'amour jusqu'à l'aube, puis de nouveau au coucher du soleil et sous les rayons striés de la lune.

Des fois, quand ma paume repose sur le cœur d'un des michetons de Pooh, je sens que ma double vue commence à se déployer. Ça me vient comme une sensation floue, comme d'essayer de me rappeler une odeur particulière de l'enfance. Je devine la position qu'ils préfèrent, s'ils aiment qu'on leur colle une fessée en les traitant de vilains garnements ou qu'on leur chuchote des mots cochons dans l'oreille.

Pooh a renoncé à traîner ses michetons devant Le Loup comme témoins de moralité depuis qu'un certain routier qu'elle lui amenait, un qui transportait des boulets de charbon de Kingsford, a changé d'idée au dernier moment et a craché au bassinet lui aussi pour me voir. Pendant que j'appuyais ma main contre son front en sueur, j'ai vu dans ses yeux une lueur noire et vicieuse qui m'a fait pétocher à mort. Je me suis mis à claquer des dents tellement j'avais les grelots. Tout le monde a pris mes tremblements pour une manifestation divine et Le Loup m'a glissé dans l'oreille, après, que je devrais faire ça plus souvent. Vu que, d'habitude, mon boulot consistait à rester pieuté sans bouger, et même en ron

crache et le mollard s'écrase près de l'ampoule.) Mais ils ont des liquidités…, il ajoute entre ses dents en redescendant de l'échelle, alors on va leur offrir un petit miracle…

Je peux pas m'empêcher de mater ses pognes énormes qui agrippent l'échelle en force, comme je l'ai vu agripper le poignet d'une de ses filles en l'entraînant dans une autre pièce.

— Fringue-toi. Mets ce petit truc rose que je t'ai dégoté… Faut qu'on prépare le numéro.

Il claque des mains et je sursaute. Je les connais, ces claquements, ils déclenchent toujours des cris quand il traîne une fille dans l'autre pièce. Des cris et des supplications. Je les entends demander pardon, jurer qu'elles recommenceront pas.

— On y va !

Il tape encore dans ses mains et je sursaute encore. Je me glisse au bas du page et je me dirige vers le dressing-room qu'il a fait construire pour moi.

J'ai tout fait pour qu'il me cogne aussi. J'ai laissé traîner négligemment mon poignet pour qu'il l'attrape et me traîne dans l'autre pièce. J'ai même renversé exprès du Cherry Cola sur mon petit tablier blanc. Je savais qu'il avait tatané Pooh pour avoir enfilé des talbins trop vite dans les bas neufs qu'il lui avait achetés. Je me suis assis sur le bord du pieu et j'ai regardé sa figure devenir violette comme une pointe de navet, ses mains s'ouvrir et se fermer comme la gueule d'un poisson qui étouffe dans une épuisette. Je suis resté assis et j'ai attendu. Comme je faisais avec Sarah. Un jour qu'elle était rentrée après une semaine de vadrouille et qu'elle vaquait ici et là sans m'adresser la parole. Je suis allé fouiller dans sa valoche, j'ai pris un truc qui avait de la valeur pour elle et je l'ai dégueulassé. Je l'ai laissé bien en évidence, déchiré et barbouillé de son ketchup en sachets. J'ai attendu qu'elle le repère. J'avais même préparé la ceinture, que j'avais posée juste à côté de moi.

Le Loup a juste grommelé et gargouillé comme un aspirateur bouché.

— Ça coûte cher, hein ? je lui ai dit, indifférent, sans chercher à m'excuser.

— Hum ! il grogné.

— T'es fâché contre moi ? je lui ai dit en minaudant.

Il avait le dos tourné, il s'est raidi, il a serré les poings et il a lentement pivoté sur ses talons. Je respirais plus.

— Dis à Pooh de ramener son cul dès qu'elle arrivera, il a dit avec un sourire glacial qui lui creusait des plis profonds comme des canyons de chaque côté de la bouche.

Plus tard dans la journée, je l'ai entendu cogner Pooh parce qu'elle avait fait du bruit en refermant la porte.

Je l'ai plus jamais provoqué après ça.

Le soleil est presque couché quand Le Loup termine son sermon baptiste et que je sors de ma cachette derrière un massif de sapins du Canada et de myrtes. Le Loup a camouflé ses éclairages sous des aulnes, des lauriers et des saules de telle manière qu'y a une étrange lueur rouge au-dessus des eaux boueuses devant moi. Une vingtaine de routiers yankees sont debout sur la rive opposée, serrant une bible dans une main et leur feuille de route falsifiée dans l'autre.

Stella et Petunia sont à côté de moi. Elles méprisent les routiers yankees et les peigne-culs baptistes autant que n'importe qui à Three Crutches, et elles rechignent jamais à participer à un trompe-couillon quand c'est dans l'intérêt du commerce et que ça peut donc pas être considéré comme un vrai péché.

— C'est pas plus grave que de dire à un micheton qu'il m'a fait jouir si fort que j'ai eu les yeux qui me sortaient de la tête, fait remarquer Petunia.

Le Loup ajoute :

— S'il y a jamais d'événements surnaturels dans le Nord, c'est parce que les Yanks ont pas la place nécessaire dans leurs cœurs, dans leurs têtes et sur leurs terres pour permettre aux miracles du Seigneur de germer.

Tout le monde approuve furieusement.

— Pas étonnant qu'ils rappliquent tous en troupeaux pour assister à nos manifestations divines ! dit Lymon.

— Bah, on a suffisamment de miracles ici pour en faire profiter les autres, même les Yanks, dit Le Loup en tapotant son portefeuille.

Et, quand ces Yanks s'assoient dans le restau, personne ne pense à leur signaler que les prix ont triplé sur le menu. Et personne ne pense à leur offrir un quartier de citron ou à leur asperger les yeux pour dégonfler leurs boursouflures, sauf exception, contre un petit bakchich de politesse, qui est jamais petit et jamais lâché avec beaucoup de politesse non plus.

En regardant les routiers yankees alignés de l'autre côté de la mare, je remarque qu'ils se frottent tous les mirettes comme des fous. Est-ce à cause de la ferveur que Le Loup a mise dans son oraison ou à cause du sac à patates plein d'oignons musqués fraîchement coupés caché dans l'herbe derrière eux ? Allez savoir.

Des « oh » s'élèvent du public quand j'apparais plus nettement.

Le Loup a finalement décidé de me saper dans une petite robe à fleurs, avec des nœuds en velours rouge dans les cheveux, et Mary Grace m'a maquillé avec ses nouveaux produits Mary Kay. Je me suis senti aussi fier qu'un routier qui dépucelle une vierge quand j'ai vu Mary Grace enfoncer son doigt dans la poudre immaculée après avoir dévissé les couvercles des pots tout neufs.

Le Loup invite les routiers à lancer dans l'eau des grosses pierres attachées à des fils de pêche pour prouver qu'y a pas de plate-forme cachée sous la surface.

Les pierres ploufent en différents endroits et à différentes profondeurs, en créant des tourbillons qui se referment lentement. On regarde les ronds dans l'eau sans piper.

— Messieurs, comme vous pouvez le voir…, commence Le Loup.

— Y a pas de plate-forme là-dessous, certifie un des Nordistes.

Murmures d'approbation.

— Cette petite devrait peut-être porter un gilet de sauvetage, dit un autre.

— Eh non, ça enlèverait tout l'intérêt…, lui répond un collègue.

Lymon appuie sur le bouton du lecteur de cassettes et envoie «Alléluia, loué soit Jéhovah!», ce qui est mon signal. Je dois lever les bras bien haut et laisser Stella et Petunia me soulever en l'air.

Je gigote des orteils comme si j'étais en transe, histoire de bien montrer qu'y a pas de flotteurs sous mes pieds.

La musique diminue et Le Loup commence à lire les Écritures.

Ça y est, je me dis, je vais marcher, et je pose mes doigts de pied dans l'eau froide et boueuse.

— Avance sans jamais t'arrêter…, murmurent Petunia et Stella.

Le Loup m'avait prévenu :

— Ne t'arrête jamais, il m'avait dit. Si tu coules, personne viendra te chercher…

Je mate les mecs de l'autre côté de la mare. Ils tendent les bras vers moi, comme des pères encourageant leurs mouflets à faire leur premier pas.

Et ça me fait tout drôle, ça me rappelle quelque chose, un vague souvenir d'avoir un jour marché comme ça vers des bras ouverts...

Je me dégage des mains qui me tiennent, je fais un grand pas dans la flotte sale et je commence à couler lentement.

— Marche vers moi, marche vers moi..., je les entends dire entre deux implorations de Jésus.

Vite je fais un deuxième pas. J'ai de l'eau jusqu'aux chevilles. Je lève le pied très haut et j'avance encore... et je les entends qui retiennent leur souffle parce que je m'enfonce. Je commence à paniquer.

— Continue à marcher! on me souffle derrière.

Le zinzin des moustiques et l'excitation des routiers augmentent en même temps que la flotte, qui m'arrive maintenant aux genoux.

Un des routiers, à 8 mètres devant moi, s'accroupit et écarte les bras encore plus.

Je lève le pied droit, je fais un autre pas.

Il approuve de la tête et sourit chaleureusement, comme pour m'insuffler la force de venir jusqu'à lui.

J'enchaîne avec mon pied gauche et, surprise, je flotte. Je sens un nuage mou en dessous de moi. Je fais encore un pas et je marche. Je marche sur l'eau. Et je me dirige vers lui, vers cet homme qui me fait signe de le rejoindre en remuant les doigts

La musique monte en volume et je continue ma traversée. Quelques routiers agitent leur bible, d'autres leur feuille de route, tous exultent.

Il a les yeux marron comme l'écorce lisse et souple d'un ormeau. Je suis à moins de deux mètres des bras accueillants de l'homme accroupi et, si Le Loup s'était pas raclé la gorge bruyamment, j'aurais couru me jeter dans ces bras-là.

Je me reprends, j'avance régulièrement, gracieusement, comme à la répétition dans la grange de Le Loup.

Encore deux pas et je serai dans ses bras et plus rien n'aura d'importance. Je lui pardonnerai sa longue absence, je lui demanderai même pas pourquoi il est parti, s'il a pensé à moi, si je lui ai manqué comme il m'a manqué.

Mon cœur lui envoie des décharges électriques si fortes que j'en oublie la jubilation de la foule. Je fais encore un pas sur la terre ferme, et le voilà devant moi. Le Loup beugle :

— Alléluia !

Je tends les bras vers l'homme, qui se relève brusquement et se détourne de moi pour toper avec un autre routier.

— T'as perdu, mon pote ! il dit. Tu me dois 200 dollars ! (Il tape dans des mains et se goberge.) Alléluia ! Tu l'as dans l'os !

Je reçois des feuilles de route dans les mains.

— J'ai roulé une semaine sans m'arrêter, bénis cette

feuille de route falsifiée! m'implore un chauffeur à genoux.

— Moi aussi! supplie un autre.

— Messieurs! crie Le Loup, imposant le silence à la foule. Vous pourrez être reçus en audience par sainte Sarah dans l'église.

L'église, c'était la grange de Le Loup, à présent débarrassée de la fourrure et de l'odeur de poil mouillé. On avait étalé de la sciure sur le plancher en bois et allumé de l'encens dans des urnes sur des petites consoles en contreplaqué. Les draps de satin zébrés avaient été remplacés par de la literie plus adaptée à une sainte. Le Loup avait même décroché le poster en 3D du pape en marmonnant des excuses :

— Trop dérangeant pour les différentes factions d'adorateurs du Christ, il expliquait.

Lymon m'enroule dans une grande serviette et m'éloigne de la foule. Je regarde l'homme par-dessus mon épaule et je le vois compter son fric dans la main d'un autre homme.

— T'as réussi, ma poule, chuchote Lymon en s'agenouillant pour m'essuyer tendrement les pieds.

Ses doigts glissent amoureusement sur mes orteils en détachant les brins de mousse des marais qui ont rendu possible ma marche sur les eaux. C'est la première fois que sa forte odeur d'ail et d'oignon musqué ne me donne pas envie de vomir.

Et c'est la première fois que je le touche. Ses tifs coupés en brosse sont comme un gant de crin sous la main. Il pousse un petit soupir, s'arrête net et appuie ses bras contre mes mollets. Je palpe ses épaules et ses tendons, qui se raidissent comme des fils de fer quand il penche le cou vers mes cuisses. Ses mains tremblent et il coule vers moi un regard timide, plein de larmes.

— Ça fait si longtemps…, il murmure.

— Je sais. Je regrette de t'avoir délaissé, je dis en lui caressant la joue.

— Hep, les tourtereaux, bougez-vous de là avant qu'il vous voie, chuchote Pooh derrière nous en indiquant Le Loup d'un geste.

— Pooh ? Je savais pas que t'étais là, je dis, surpris.

— C'est pas souvent qu'on a un festival pareil avant la Foire à l'Oignon, elle me répond avec un clin d'œil. (Lymon décarre en silence.) Je voulais pas rater ça. Allez, on rentre, elle dit en me passant un bras autour la taille pour me guider à travers les marécages vers la Trans Am de Le Loup.

— Pooh, je suis vraiment désolé qu'on soit devenus si…

Tout d'un coup, je suis pris d'un violent désir de lui prendre la main, mais elle est occupée à tripoter une sorte de collier sous sa chemise.

— Oh, te bile pas pour ça…, elle dit. Les choses finissent toujours par s'arranger…

Elle sourit jusqu'aux oreilles mais, je sais pas, y a quelque chose de pas net dans sa bonne humeur. Elle sort sa main de sa chemise et me file une petite tape gentille.

— Au fait, je voulais te montrer quelque chose… (Elle plonge dans son décolleté.) Je voudrais que tu jettes un œil là-dessus. (Lentement, elle sort une lanière de cuir.) Regarde ça.

D'abord, je crois que c'est une patte de lapin sans poils, puis je vois que c'est un os de pénis de raton.

— C'est super, hein ? elle fait en l'agitant devant moi.

Sur le moment, je me dis qu'elle en a gagné un aussi, que Glad a entendu parler de ses exploits et l'a récompensée.

— T'en as un aussi ? je demande.

— Pardon ?

Elle incline la tête de côté.

— Euh, où t'as dégoté ça ? je dis, l'air de rien.

— Je l'ai trouvé.

Son sourire s'agrandit.

Inconsciemment, je tâte mon cou pour mettre la main sur mon os de raton, puis je me souviens que je l'ai balancé par la fenêtre dans…

— C'est assez marrant, d'ailleurs, elle dit en rigolant un peu trop fort.

Je vois pas le côté marrant de la chose, mais je rigole aussi, comme si j'étais au parfum.

— Le Loup laisse pousser les choux puants autour de la maison pendant l'hiver parce qu'ils dégagent autant de chaleur naturelle qu'un cul de chèvre dans un champ de piments… ça fait fondre la neige, c'est génial, comme ça j'ai pas besoin de sortir pour déblayer…

Un glaçon de trouille me remonte le long du dos comme une lame de scie.

— Mais, quand viennent les beaux jours, il m'envoie chercher la serpe pour que je les coupe avant que ça se mette à puer plus qu'un élevage de porcs au mois d'août.

Je dodeline de la tête comme une poupée à ressort.

— Donc, je m'activais avec la serpe… (elle fend l'air de la main) et qu'est-ce que je trouve? Ce collier, en plein milieu des choux… ceux qui poussent sous la fenêtre, tu sais, près de ton lit.

— Tu lui as montré? je demande en essayant de garder mon calme.

— Oh, t'as les pieds qui saignent…

Je regarde mes pieds et j'opine.

— J'avais pas remarqué.

— C'est toutes ces algues des marécages, les droses à rat, les orties culaires, elle dit pour étaler sa science. Ça bouffe la chair. C'est comme ça qu'on se débarrasse des macchabées, par ici. Dans ces mares-là… (elle montre celle où je viens de faire mon miracle) tu flottes sur la mousse comme dans un hamac et ces saletés de plantes te mâchouillent petit à petit.

— Tu lui as montré? je dis, à bout de souffle.

— Non. Je devrais? Qu'est-ce que ça veut dire?

Elle plisse ses mirettes perpétuellement enflées.

Je mate les petites coupures sur mes pieds.

— Ça veut dire… ça veut dire que j'ai travaillé pour quelqu'un d'autre avant…

— J'ai posé quelques questions là-dessus et…

— Et qu'est-ce qu'on t'a répondu ?

— Hm… rien. Mais j'ai pas demandé à tout le monde. Je savais pas du tout à qui ça pouvait appartenir… (Elle cligne des yeux à toute vitesse.) Pour qui tu travaillais ?

— Juste quelqu'un pour qui je travaille plus maintenant.

Je me tourne vers la vitre et je vois Le Loup qui rapplique vers la bagnole.

— Hum hum…, elle dit. Écoute… (elle me prend la main) j'ai rien contre toi, d'accord ? J'essaie pas de te casser la baraque, on peut faire équipe, d'accord ?

Je l'observe et j'accepte d'un signe de tête au moment où Le Loup ouvre la portière.

— Tu leur en as foutu plein la vue à ces cons, il dit en grimpant sur son siège pendant que Pooh remballe discrètement l'os de raton dans sa chemise. Ces crétins de Yanks lèvent tous les bras au ciel comme s'ils avaient vu la Sainte Vierge !

Il tend le bras par-dessus Pooh pour me caresser la tête. Pooh toussote.

— Les plantes ont essayé de la bouffer, elle dit en montrant mes panards sanglants.

— Ah, un nouveau stigmate ! Beaucoup plus classe que les yeux aux oignons, pas vrai ?

Il se bidonne et on démarre.

Un jour, Pooh se met à jouer à la Barbie avec moi. Le Loup était en tournée de recrutement, il essayait de lever de nouvelles gagneuses en bisbille avec leurs macs respectifs. Donc, elle s'agenouille par terre à côté de mon lit, où je me repose d'une longue matinée de bénédiction de camionneurs. Sans un mot, elle sort les coffrets en vinyle, elle les pose sur le pageot et s'assoit à côté.

— Vingt dieux, quelle marmaille ça fait ! Tu dois être plus débordée qu'une chatte qui essaie de recouvrir ses crottes sur un sol en marbre ! elle se marre.

— Je me débrouille.

Elle me lorgne du coin de l'œil et j'ai du mal à interpréter son regard, je sais pas si ça veut dire « on est dans le même camp » ou « je t'aurai ».

— Quand j'étais gamine, c'était ma passion, les Barbie, elle soupire, les yeux pleins de nostalgie. Quand Le Loup m'a achetée à mon oncle, il m'a promis de m'offrir tellement de Barbie que j'aurais plus la place de péter, elle dit en sortant lentement les poupées et en les disposant tendrement sur le lit.

— Combien il t'a payée ?

— Aucune idée. Un carton de bière, probablement... je l'aurais suivi gratos.

Elle examine avec perplexité une Barbie sapée dans des couleurs criardes.

— Comment tu l'as rencontré? je dis en sortant la Barbie dentiste et en la montrant sous différents angles pour essayer d'intéresser Pooh.

Elle fait la grimace en retournant la poupée dans sa main.

— L'oncle vendait sa goutte à Le Loup. En réalité, c'était juste de l'alcool à brûler qu'on filtrait dans du pain de mie pour lui enlever le goût.

Pooh plisse le front et commence à soulever la jupette en lycra de la Barbie.

— Et Le Loup l'a découvert?

Je glisse la main sous le sommier pour attraper la Barbie-mobile et je la fais rouler vers Pooh pour qu'elle assoie la poupée dedans.

— Mon oncle se serait fait attacher à un pare-chocs et traîner sur la route en suçant du chrome s'il avait pas eu mézigue à offrir en échange. (Mon auto l'intéresse pas, elle préfère s'amuser à retirer les collants fuchsia de la poupée.) Mais, avec moi, il était tout miel, Le Loup. J'étais sa chérie… (Elle soupire et laisse ses mains tranquilles un instant.) Seulement voilà, en moins de temps qu'il en faut pour griller une plume en enfer, j'ai commencé à le décevoir… (Elle me regarde et ses yeux s'assombrissent, comme si elle venait de repenser à un truc qu'elle voulait oublier.) Il me traitait comme toi.

Elle m'observe fixement. Je baisse les paupières.

111

— Tiens, vise un peu celle-là, je dis en lui tendant une autre Barbie, elle a un anneau dans le nombril.

Sans me quitter des yeux, elle retire d'un coup sec les collants de la poupée. Toujours sans me quitter des yeux, elle attrape d'autres poupées habillées pareil, soulève leurs robes et retrousse leurs collants. Un sourire vicelard se dessine sur ses lèvres. Je regarde : y a une série de Ken alignés entre nous. Ils ont tous leur jupe ou leur robe retroussée par-dessus tête, le zizi à l'air, avec des soutifs et des culottes de fille peints sur leur peau nue en plastoc, comme une bande de travelos exhibitionnistes.

— Je trouvais ça rigolo…, j'explique avec un demi-sourire.

— Oui, c'est rigolo, elle dit, toujours en me lorgnant et toujours avec le même ricanement inquiétant.

Elle regarde enfin les poupées et commence à les rhabiller délicatement.

— Je sais que tu représentes beaucoup plus que moi pour Le Loup…, je dis en observant ses doigts qui s'activent sur les sapes des poupées.

— Qu'est-ce que tu racontes ?

Elle secoue la tête et me sourit, la bouche fermée.

— Il… il me touche jamais, jamais…

— Oh, qu'est-ce que c'est ?

Elle me montre un des os de raton que j'ai fabriqués avec des cotons-tiges.

Je pousse un gros soupir.

— C'est… euh, c'est des colliers.

112

— Je sais ce que c'est, elle me dit, la bouche en coin.

Puis elle tape des mains comme Le Loup et je laisse tomber la poupée que je serrais entre mes jambes.

— Bon, montre-moi celle qui a l'anneau dans le nombril !

Sa main forme une pince et plonge vers la poupée tombée.

Je la ramasse avant elle et je la plaque entre mes cuisses. Elle se penche pour récupérer délicatement les poupées étalées autour de moi et, dans le mouvement, fourre les pattes écartées de la Barbie sous ma jupe et contre l'empiècement de ma culotte en coton.

— Oups… désolée…, elle fait en agitant la poupée.

J'acquiesce et je rabats ma jupe sur mes genoux.

Elle resserre les jambes de la Barbie Anneau-dans-le-nombril et l'assoit dans l'auto.

— Viens, je t'emmène en balade, elle dit en faisant rouler la petite voiture vers moi pour que j'ajoute une poupée dedans.

Je ramasse un des travelos nouvellement rhabillés et je l'installe à côté de sa poupée.

— On va faire d'elles les plus célèbres gagneuses du monde, d'accord ?

Je suis d'accord. Elle fait démarrer l'auto sur le contrefort en satin argenté de la tête de lit et la dirige en serpentant sur le vallonnement des oreillers.

Pooh joue à la poupée avec moi chaque fois que Le Loup s'en va. On verrouille la porte, on ferme les volets et on sort furtivement les coffrets.

— Toi, si quelqu'un te voit jouer avec les poupées, tu risques rien. Mais moi…, dit Pooh en roulant des yeux.

— Quand même, Le Loup parle de me les reprendre. Il veut pas qu'on me voie jouer avec, il dit que ça colle pas avec mon rôle d'icône religieuse.

Avec les Barbie, on met en scène des histoires passionnées d'amour et de trahison. Pooh est très branchée sur la rétorsion et, à la fin de nos séances, on passe généralement dix bonnes minutes à revisser les membres et les têtes des poupées démantelées dans la séquence vengeance du scénario. Je la laisse régler les scènes de représailles et elle me laisse habiller les Ken en filles.

Un jour, elle se pointe avec un bout de velours rouge râpé, plié en quatre.

— J'ai un petit cadeau pour elles aujourd'hui, elle dit en désignant d'un signe de tête les poupées que j'ai déjà étalées.

Je hausse les sourcils, impatient de savoir. Elle s'assoit sur le pieu et déplie lentement le carré de velours comme pour dévoiler un butin. Je regarde et je vois des éclats d'os de poulet entortillés dans du fil doré.

— Tes cotons-tiges, là, ça fait toc, elle dit en soulevant une de ses créations du bout de son index rose.

Elle tient en équilibre sur son ongle un collier minia-
ture.

— J'ai fabriqué des os de pénis de raton plus réalistes,
elle dit avec un clin d'œil.

C'est la première fois que je l'entends avouer qu'elle
sait ce que c'est.

— Lymon m'a refilé des os de poulet bouillis. J'ai
arraché des petits éclats et j'ai tapé du fil doré à Stella…

Elle attrape la poupée que je tiens, un Ken fringué en
Barbie Hôtesse de l'air, en uniforme gris. Pooh lui met
le nouveau collier et me rend la poupée.

— Tu veux t'envoyer en l'air avec elle, hum ? elle fait
en me donnant des petites baffes.

Je serre les dents et je pince les lèvres.

— Oh, fais pas cette tête, je pensais que ça te plai-
rait. Si tu préfères tes cotons-tiges…

— Non, j'aime bien… C'est juste que… (Je ris
jaune.) Qu'est-ce qu'ils ont dit ?

— Qui ? Lymon et Stella ? Ils ont pas posé de questions… pourquoi ?

Elle fait sauter les petits colliers dans sa paume.

— Pour rien. (Je hausse les épaules.) Mais je pensais
que… enfin, tu vois, que ça resterait entre nous.

Je commence à retirer les anciens colliers en fil dentaire.

— Oh, mais ça reste entre nous, t'inquiète, elle dit
d'une voix grave et enrouée. Maintenant… faut que

j'écrase ton hôtesse de l'air pour la punir d'avoir dragué Ken Chanteur de rock.

— C'était y a un mois, ça. Ken Chanteur s'est remis avec ta Barbie Danseuse depuis, je proteste.

— Elle doit payer, je lui ai laissé un sursis mais faut pas croire qu'elle s'en sortira comme ça…

Elle m'arrache la poupée des mains, la couche sur le dos, empoigne l'auto de Barbie et commence à lui rouler dessus d'avant en arrière.

— Tu m'as piqué mon homme, sale petite pute…, elle grogne entre ses dents.

Je la regarde en silence déloquer ma poupée, puis la décapiter et l'écarteler.

— Ça t'apprendra, salope…

Elle gargouille de jubilation et arrache le collier qu'elle vient de lui mettre. Puis elle saisit le petit morceau d'os coupant entre ses doigts et, pointe en avant, le plante dans le sexe en plastique de ma poupée.

Elle rejette tranquillement une mèche de cheveux qui lui tombe dans la figure, se frotte les mains et sourit avec satisfaction.

— Bon, à quoi tu veux jouer aujourd'hui ? elle dit de sa voix la plus douce.

Après ça, on n'a plus beaucoup joué ensemble. Je dis que je suis malade ou fatigué et, pour en finir, je demande à Le Loup de reprendre toutes les poupées,

116

avec leurs coffrets en vinyle, en prétendant que j'ai entendu certains routiers s'étonner qu'une messagère du Seigneur puisse avoir envie de jouer à la Barbie.

— Je te l'avais dit! il gueule.

C'est la première fois qu'il élève la voix contre moi.

Le travail est à la baisse. Y a de moins en moins de routiers qui viennent me voir. Certains ont même eu le culot de demander à Le Loup de les rembourser, expliquant qu'ils arrêtaient pas de se faire contrôler par la police routière, que leurs feuilles de route étaient inspectées au petit poil et que leur remorque avait affiché une surcharge sur la bascule alors qu'elle était même pas pleine, et tout ça après avoir reçu ma bénédiction. Les râleurs sont repartis avec des marques de godasses et de ceinture sur le froc à la hauteur du cul, et les demandes de remboursement ont cessé.

Le Loup a beau mettre des ampoules plus fortes, la fréquentation baisse quand même, rapport aux rumeurs comme quoi le mauvais sort s'acharnerait sur ceux qui viennent me voir, moi la sainte patronne des routiers.

J'ai même pas besoin de dire à Pooh que Le Loup a repris les poupées. Elle vient plus jamais s'asseoir sur mon lit pour me supplier de jouer avec elle. Elle a arrêté du jour au lendemain. Au début, j'étais soulagé, mais maintenant sa compagnie commence à me manquer.

Sa réputation de Gagneuse de Parking extra lucide s'

confirme chaque jour un peu plus et, vu l'augmentation constante de son chiffre d'affaires, Le Loup est bien obligé d'en tenir compte. Les routiers qui, avant, faisaient la queue pour me voir, poireautent maintenant dans leurs camions en formant une file qui déborde de l'aire de repos jusque sur l'autoroute.

Pour la première fois, je fais des efforts pour fignoler ma sainteté. J'incorpore dans ma prestation tous les phénomènes énigmatiques que j'ai pu observer. Je tremble de tout mon corps pour essayer d'imiter les ondulations surnaturelles de Mama Shapiro quand elle rigole. Je roule des mirettes comme j'ai vu certains routiers le faire dans les transes mystérieuses de la jouissance et je griffe les airs comme Sarah quand elle pique ses colères épileptiques. Je fais même l'imposition des mains sur les têtes des chauffeurs agenouillés en murmurant des incantations choctaws comme Glad quand il bénit ses gagneuses avant chaque nuit de travail. Mon nouveau numéro relance un peu les affaires, mais je vois toujours pas arriver les journalistes avec les caméras. Et, si ça continue comme ça, même mes adorateurs les plus fidèles vont reporter leurs attentions sur Pooh.

Je commence à entendre des plaintes dans mon dos :

— Après avoir vu sainte Sarah pour la dixième fois, j'ai eu cinq crevaisons à la suite et je suis toujours incapable d'aimer ma femme comme il faut! dit un routier à un collègue. Mais depuis que j'ai vu cette sainte Pooh, eh ben, mes pneus ont arrêté de crever et, quand je vois ma femme, je bande comme un jeune marié.

— Ça suffit comme ça… je vais voir sainte Pooh, répond l'autre en faisant demi-tour.

— Sainte Pooh, mon œil ! je me gausse en hochant la tête.

— N'empêche qu'elle a pas besoin d'éclairage bidon, elle ! grogne Le Loup, que j'avais pas vu arriver.

Il se penche au-dessus de moi et laisse pendre sa main, toutes griffes dehors, en balançant le bras, comme un hachoir au bout d'un pendule.

— Tu commences à me coûter cher…

— Je peux travailler comme Pooh, je murmure en suivant sa main qui me frôle le ventre. J'ai vu le Jacka-lope, je peux développer ma double vue aussi.

En un éclair, je vois son poing fuser vers moi, mon estomac se contracte, je ferme les yeux et je me prépare à encaisser.

Le mur se fendille à côté de mon lit. J'ouvre les yeux je vois Le Loup extirper sa pogne du trou qu'il vient de faire dans le plâtre. Il la berce comme une patte blessée par un piège à mâchoires et se barre en silence.

Je me lève lentement. J'ai mal partout comme si j'avais vraiment reçu la torgnole. Personne n'attend pour me voir et un plateau de bouffe est posé sur la table pour moi. Stella ne me cajole plus dans ses bras pour me don-ner la becquée comme à un bébé depuis qu'elle s'est rési-gnée à l'idée que les caméras viendraient pas et que toutes ses sapes spéciales télé couleur et tous ses produits de beauté de speakerine étaient de l'argent foutu en l'air. Ses seules paroles sont pour me raconter les miracles attribués à Pooh : un aveugle a éjaculé si fort que ça lui a débouché la cornée, un éclopé a eu la moelle épinière tellement électrisée qu'il s'est mis à faire de la gymnastique artistique… et, au bout du compte, tout ça finira peut-être par faire venir les caméras. Je regarde la tambouille : un gros tas d'oignons musqués et des graillons.

— Autant la nourrir aux oignons, avait dit Petunia à Le Loup. Personne risque d'être offensé par ses gaz, de toute manière.

Je marche jusqu'à la fenêtre du fond, celle par où j'avais balancé mon os de raton, et je l'ouvre. La lumière m'éblouit, je suis plus habitué. Pour entretenir ma sainte pâleur de fantôme, Le Loup m'a interdit de mettre le nez dehors avant le coucher du soleil, et encore il me laisse pas sortir souvent.

— J'ai vu des routiers, qui roulent seulement de nuit, avec des coups de soleil au troisième degré à cause de la réverbération de la lune, il m'a expliqué.

Mais, même quand y pas de lune ou un brouillard à couper au couteau, je suis obligé de rester à l'intérieur.

— Y a quelques malhonnêtes dans la profession qui se gêneraient pas pour me piquer ma sainte à la première occase…, il m'a dit en fermant la porte à clé derrière lui.

Une douce brise de romarin des marais, de mousse et

de résineux, avec une petite odeur de gas-oil par en dessous, me balaie la figure. J'imagine Glad tendant les bras au pied du mur pour me recevoir, avec dans les mains un os légèrement plus gros pour me récompenser de mon initiative impressionnante bien qu'infructueuse. J'imagine une grande fête pour célébrer mon retour au Doves, tous mes anciens clients pleurant de joie à l'idée de me montrer leurs nouveaux dessous aux couleurs pastel comme sur les paquets de céréales Lucky Charms. Même Mama Shapiro décongèlerait quelques trésors gastronomiques en mon honneur. Mais ce qui m'incite tout d'un coup à passer la moitié de mon corps au-dehors, c'est la vision de la figure de Sarah. Ses yeux rougis à force de pleurer son fils chéri me donnent la force d'enjamber l'appui de fenêtre.

Je regarde en bas. Ça fait dans les deux mètres de haut, mais les choux puants coupés à ras amortiront ma chute. Il faut que j'aille essuyer les larmes de Sarah et lui promettre de plus jamais la quitter.

Je me hisse et je m'apprête à balancer ma deuxième jambe par-dessus le rebord, mais je sens quelque chose qui la retient. Je tire sur mon pied. Rien à faire. Je suis collé au plancher. Je me retourne pour voir ce qui se passe.

— Où tu vas comme ça ? dit Le Loup, qui serre mon pied dans sa pogne.

— Je... je... (Mes paupières papillotent comme si je bégayais de l'œil.) Je voulais juste prendre l'air

— Retourne te pieuter et reste tranquille. T'as un client.

Son bras indique le lit d'apparat dans la pièce d'à côté. Je me dégage et j'obéis sans piper.

Plus tard dans la journée, alors que je mate la marque sombre laissée par le poster du pape sur la peinture défraîchie du plafond, j'entends des coups de marteau et des bruits de ferraille.

— J'ai mis des barreaux aux fenêtres. Comme ça, la prochaine fois que tu voudras prendre l'air, t'essaieras d'abord la porte d'entrée, dit Le Loup.

Et il se tire en claquant la lourde derrière lui. Je regarde le verrou tourner. Il m'a enfermé.

Je cours vers la première fenêtre dès que j'entends sa bagnole s'éloigner. Elle a des gros barreaux, elles en ont toutes. Je les empoigne et je me mets à gueuler.

Je gueule, je gueule jusqu'à ce que les gens se rassemblent sous la fenêtre pour voir ce qui se passe. Je continue à gueuler. Ils foncent chercher Stella qui a un double des clés, mais je continue à gueuler, même quand elle m'attrape par-derrière et me colle une main sur la bouche. Je la mords et je gigote des pieds, j'envoie des coups de tatanes dans toutes les directions, dans toutes les tronches, toutes les couilles, tous les tibias qui se présentent. Je hurle et je me débats de plus en plus fort, surtout quand je vois Petunia rappliquer avec son énorme

122

seringue, qu'elle a toujours à portée de main pour se piquer elle-même, à ce que j'ai entendu dire.

— Tiens-lui le bras, vite! crie Stella à un des mecs qui essaie de m'immobiliser.

Je sens une méchante piquouze dans mon épaule et ça me fait tout chaud dans le bras.

— Je vous l'avais dit, que c'était une vipère noire…, bonnit le plongeur pendant que je me démène.

— Faut jamais oublier que les vipères noires sont capables de changer de forme pour jeter un sort, dit Mary Grace en pointant la tête derrière le plongeur.

La pièce se met à tourner et devient floue. Mes muscles se relâchent et je tombe dans des mains qui me plaquent au sol. Au-dessus de moi, je vois Lymon qui me regarde, la tête penchée de côté et les yeux pleins de compassion, comme un badaud se recueillant sur la dépouille d'un daim renversé par une bagnole qu'on dépose sur le bas-côté de la route.

— Réveille-toi, allez, réveille-toi!

Je sens quelque chose qui me secoue sur le côté. J'ouvre les yeux et j'avise une vipère noire géante qui me gobe le bras. Je me lève comme un ressort en gueulant et en repoussant le serpent.

— Tiens-la, tiens-la, tiens-la!

Je ... . j. .... Lymon ....

Pooh qui me montre du doigt. Je regarde mes bras. Pas de serpent.

— La vipère! je dis. Où est la vipère?

Je m'affale dans les bras de Lymon.

— C'est toi, la vipère, à ce qu'on raconte, dit Pooh avec un petit sourire en coin.

— Ooh non, c'est pas une vipère, c'est pas une sainte, c'est juste une petite fille qui a besoin d'affection, dit Lymon en me tapotant la main, tout tremblant.

— N'empêche, tout le monde pense que t'es une vipère, dit Pooh sans se frapper. Sauf Lymon que voici, et moi bien sûr, elle ajoute.

Je la bigle et, pour la première fois, je remarque que sa figure est pas enflée et que ses cheveux ont repoussé sur toute sa tête. Elle a plus aucun endroit chauve.

— T'es en superforme, Pooh, je murmure.

— Elle a arrêté de picoler, dit Lymon.

— Je suis pratiquement la gagneuse la plus célèbre de toute l'Amérique du Nord! elle fait, vexée. L'alcool a rien à voir là-dedans. Mais, ouais, c'est vrai, je picole plus.

Elle met les mains sur les hanches, triomphante.

— J'étais au courant, Pooh, félicitations.

Je lui tends une main ramollo.

— Merci, elle dit en la serrant fort.

— Le Loup doit être fier de toi...

Elle me regarde drôlement mais, comme elle est tournée de trois quarts et qu'elle a les yeux à moitié fermés, je sais pas si c'est du lard ou du cochon.

— C'est *toi* qui habites ici, dans sa maison, elle dit en détachant ses mots comme si je comprenais pas l'anglais.

— Je crois qu'il va pas tarder à m'éjecter, Pooh. (Je me dégage des bras de Lymon.) Et ça me déplairait pas, d'ailleurs, comme ça je pourrais venir avec toi.

J'essaie de lui sourire. Depuis qu'elle joue plus avec moi, je rêve souvent qu'on habite ensemble dans notre propre roulotte, avec nos poupées et une enseigne au néon rouge devant la porte pour que tout le monde sache où trouver les plus fameuses gagneuses.

— Je suis impatient de développer ma double vue aussi.

— D'abord, qu'est-ce qui te fait croire que tu serais aussi bonne que moi ? elle dit en se penchant au-dessus de ma tête.

Son haleine sent l'herbe, au lieu de son odeur habituelle de gnôle.

— J'ai vu le Jackalope aussi, je dis.

— Et quoi encore ? Tu veux me piquer tout ce que j'ai, c'est ça ?

— Allons, les filles, dit Lymon en m'asseyant gentiment sur ses genoux. Pooh est venue pour m'aider à te sauver…

— Le Loup s'est absenté, elle dit en lissant sa robe neuve en cuir noir et en se touchant les cheveux avec des

125

airs de grande dame. Les alambics du secteur font pisser tout ce qu'ils peuvent, mais ils arrivent plus à fournir et il a dû partir en expédition hors zone avec quelques mecs pour refaire le plein.

Je me tourne vers la fenêtre à barreaux.

— Pourquoi Le Loup me vire pas tout simplement? Je lui rapporte pas de fric ici.

— Primo, elle dit en comptant sur ses doigts, s'il te vire, ce serait avouer qu'il savait que t'étais pas une sainte. Personne n'envoie une vraie sainte faire la pute, de nos jours. Deuzio, ils croient tous que t'es une sorcière.

Lymon incline encore la tête.

— Ils disent que tes miracles se sont retournés contre eux. J'essaie de leur expliquer que t'es juste une petite fille qui a besoin d'amour.

— Y a pas un routier qui voudra tremper son baigneur dans une vipère noire! dit Pooh. N'importe comment, c'est mauvais pour l'image de Le Loup dans la communauté mac.

— Et, en plus, y en qui racontent qu'il en pince pour toi, dit Lymon, la bouche en coin.

— Ça, j'en doute fortement, Lymon! rétorque Pooh.

Lymon insiste.

— Est-ce qu'il t'a déjà cognée? il me demande, face à face.

Son haleine, à lui, sent un peu la menthe et beaucoup l'oignon frais.

Je fais non.

— Il t'a déjà touchée ? il dit en secouant la tête.

Je refais non.

— Il te regarde t'habiller ?

Je fais encore non.

— Mais il t'achète toutes sortes de trucs en dentelles, hein ? il glousse.

— Ça prouve rien ! proteste Pooh.

— Il te prépare tes fringues ? continue Lymon, pantelant, d'une voix de plus en plus aiguë. Même tes petites culottes chéries ? Je sais qu'il nous les donne jamais à laver comme le reste de son linge.

Pooh fait un grand mouvement incrédule de la tête et se balance sur ses hauts talons.

— Arrête, Lymon…, elle fait, d'une voix tranchante comme une écharde sur une planche pas poncée.

— Ce que je dis, c'est qu'il les lave lui-même, de ses propres mains ! couine Lymon en se convulsant de plaisir.

— Ta gueule, Lymon ! Ta gueule ! (Elle lève la main pour lui allonger une tarte, mais il a l'air tellement horrifié par son geste qu'elle se retient.) Ta gueule, elle répète simplement.

— Il les fait sécher sur une corde à linge derrière une des portes fermées à clé, je chuchote à Lymon en évitant le regard de Pooh.

Silence complet. On reste assis à écouter les criquets

et les moustiques des marais dans le crépuscule qui filtre à travers les barreaux de la fenêtre.

— Bof, après tout, même un cochon bigleux peut trouver un gland, dit finalement Pooh d'une voix un peu rauque. Y a peut-être du vrai, Lymon, peut-être que Le Loup craque pour elle... mais ça durera pas. Je le connais mieux que toi, tu sais, et je peux te dire qu'il aimera toujours mieux le fric que n'importe quelle gonzesse ! elle ajoute en crachant le dernier mot dans ma direction.

— C'est toute la différence entre lui et moi, dit Lymon.

— Bon, She-Ra ou Sarah ou ce que tu voudras... (Elle baisse les paupières et je vois ses yeux rouler comme des billes. Elle les ouvre en grand, se fend d'un large sourire, me prend la main et la serre gentiment comme si c'était un petit gecko qui allait se carapater.) Ça me manque, je t'assure, de plus jouer aux poupées avec toi, elle dit avec une soudaine tendresse.

J'ai faim de cette chaleur dans sa voix.

— Moi aussi, je dis en détournant les yeux.

— Je crois que tu devrais rentrer chez toi.

Mais y a du sournois dans cette tendresse, de l'aigre-doux dans son miel, c'est comme de l'absinthe sur un morceau de sucre.

— Je demande pas mieux, je dis. Je veux rentrer chez moi.

Pooh approuve de la tête et ses yeux se font un peu moins menaçants.

— Lymon va t'aider. Il va te ramener chez toi.

Lymon étale un damier de dents tachées de nicotine dans un grand sourire.

— Je vais te ramener chez toi, il dit en me caressant la main.

— Voilà ta bouffe! annonce Stella en entrant dans la grange.

Elle pose l'assiette sur la table, clac! et tourne la tête pour vérifier si je suis toujours sur mon lit à piédestal.

— Lymon, Pooh! Qu'est-ce que vous foutez là?

— On passait et on a entendu un sifflement, alors on est montés voir si elle avait déjà changé de forme! dit Lymon.

— Et alors? demande Stella, les yeux ronds, en montrant les pieds nus qui dépassent de sous mes couvrantes.

— Non, elle a encore sa forme humaine.

— Brr! fait Stella. Pooh, t'as une douzaine de michetons qui poireautent, tu ferais bien de te remettre au boulot avant qu'y a une émeute.

— On allait partir, dit Lymon en remontant le foulard noir qui voile la figure de Pooh.

— Elle est réveillée? demande Stella. Laisse-moi vérifier si elle a tenu le choc. Je parie que Le Loup finira par la balancer dans le marais, mais je suis sûre qu'il tient à le faire lui-même! elle se marre.

— J'ai déjà vérifié, ricane Lymon, elle va bien.

— Tu m'étonnes ! Sûr que t'as dû la vérifier dans tous les coins. Elle va bien, Pooh ?

Pooh fait oui de la tête.

— J'avais peur que Petunia lui a filé une overdose. Bon, je suis rassurée que vous êtes là, des fois qu'elle essaye de m'envoûter comme le premier jour. On aurait dû la ligoter mais y a que Le Loup qui peut faire ça.

Pooh et Lymon approuvent.

— Bon, faut qu'on y aille, dit Lymon en offrant son bras à Stella.

— À t't à l'heure, vipère noire ! gueule Stella par-dessus son épaule en se laissant reconduire à la porte par Lymon.

Elle ouvre avec sa clé et accompagne Lymon et Pooh dehors.

Si Stella avait arrêté de picoler elle aussi, elle aurait pu remarquer que Pooh avait rapetissé de quinze bons centimètres et qu'elle était beaucoup trop légère. Si elle avait pas été une des principales responsables de la pénurie de whisky qui sévissait à Three Crutches, elle aurait pu remarquer aussi les bouclettes dorées qui dépassaient du foulard et brillaient sous la lanterne de la porte comme une pièce de monnaie jetée en l'air. Si la peur de manquer l'avait pas incitée à entasser un maximum de gnôle dans ses placards et dans sa personne, elle aurait pu remarquer en plus les anneaux d'argent sur les doigts de pieds qui dépassaient de la couverture. Mais tout ce que

Stella pouvait voir, c'étaient des ombres et des contours. Elle se dirigeait de mémoire.

Pendant que, sans le savoir, elle enferme Pooh dans la grange de Le Loup, Stella dit à Lymon et à moi qu'elle a entendu des gens parler de brûler cette vipère eux-mêmes si Le Loup se décidait pas assez tôt.

— Y a trop de routiers qui se sont fait inspecter dernièrement, elle dit. Faut que quelqu'un paie.

— Oh, j'ai idée que cette vipère va retourner toute seule d'où elle vient, dit Lymon en lui tapant dans le dos (très délicatement pour pas lui faire perdre l'équilibre).

Il lui fait salut de la main, puis il passe son bras tremblant autour de moi et on s'éloigne dans la nuit du relais routier.

— Ils vont brûler Pooh ? je lui demande pendant qu'il m'emmène dans sa cabane en tôle déglinguée.

— Elle s'est déjà caltée. Je l'ai vue sortir avec mes clés alors qu'on n'était même pas encore hors de vue. Te bile pas pour Pooh, elle est pas du genre à laisser le bizness en attente.

À l'aveugle, il attrape une chaînette qui allume une ampoule vacillante.

— De toute façon, c'est que des mots. Personne ira chercher des crosses à Le Loup.

J'acquiesce et je pousse un long soupir. Je regarde dans la petite pièce autour de nous. Y a presque rien, un lit de camp bordé au carré comme à l'armée, un grand morceau de miroir cassé au-dessus d'une malle et des photos de magazine scotchées sur les murs.

— D'ailleurs, à ce qu'on raconte, Le Loup a lui-même été un vrai loup, dans le temps, et il faisait de la magie noire aussi.

— Tu vas me reconduire cette nuit ? je demande en me regardant dans les sapes en cuir noir brillant que Pooh a sorties de son sac à dos pour me les prêter.

Je peux pas m'empêcher de passer mes mains avec admiration sur le cuir grand luxe.

— Je t'aime mieux dans la petite robe rose que t'as en dessous…

— Moi pas, je rigole. Mais vaut mieux que j'enlève les fringues de Pooh pour les lui rendre. J'ai pas envie qu'elle me coure après.

— Ouais, tu peux être sûre qu'elle oubliera pas… Enlève ça, t'as raison… t'es trop mignonne pour te saper en garce…, il susurre.

Je fais pas attention à ses intonations sirupeuses et je commence à me déloquer.

— Laisse-moi t'aider.

Il me tend la main pour que je m'appuie dessus pendant je me dépêtre de la jupe. J'hésite.

— Et retire ces pompes aussi… (Il s'accroupit et profite que j'ai un pied en l'air pour m'en enlever une.) Je préfère tes petits souliers blancs, là…, il ajoute en les sortant du sac à dos de Pooh.

Je mate les photos sur les murs. C'est toutes des pubs déchirées dans des magazines : des petites filles en robe de dentelle, des petites filles en maillot de bain, des petites filles en sous-vêtements.

— Lymon… (Je lui tapote la tête et il se serre contre moi.) Faut qu'on se grouille. Je veux vraiment rentrer chez moi.

— S'il te plaît, rien que… (Il enroule ses bras autour de mes jambes.) Ça fait si longtemps que j'ai pas aimé une jolie petite fille.

Il chiale et enfouit sa figure dans les plis de ma robe.

— Lymon, ils vont découvrir que je me suis évadé et ils vont me chercher…

Je garde les mains en suspens au-dessus de sa tête pour éviter de le toucher.

— Stella ira pas là-bas avant demain matin pour t'apporter tes œufs. (Il tire sur mon ourlet comme un mouflet suppliant sa maman de pas le laisser tout seul.) Je veux juste… ça fait si longtemps, depuis bien avant le pénitencier, il marmonne dans le tissu.

— Pourquoi t'es allé au pénitencier, Lymon ?

Il se baisse pour m'embrasser les pieds.

— Oh, des petits petons de petite fille, j'en veux, j'en veux.

Il a une voix de plus en plus aiguë.

— Lymon… (Je pose mes mains sur sa tête, ça le fait

133

frissonner, alors je les retire aussi sec comme si j'avais touché un fourneau.) Lymon, ils disent qu'ils veulent me brûler. J'ai pas envie d'être brûlé, j'ai pas envie d'être bouffé par les plantes et tout ça, j'ai seulement envie de rentrer à la maison !

Je tends le bras vers mes godasses pour essayer de les mettre. Il m'attrape la main et se jette par terre en la serrant.

— S'il te plaît, s'il te plaît ! il crie. Je t'aime depuis la première fois que je t'ai vue, je leur ai dit à tous que t'étais pas une vipère, je laisserai personne te faire du mal, personne ! (Il se tape la tête contre le sol.) Je t'enfoncerai rien dedans, je veux te serrer, te regarder, c'est tout, c'est tout !

Il se tape la tête de plus en plus fort sur le plancher.

— Lymon…, je murmure, suppliant.

— Tu sais pas ce que c'est. Je regrette si je te dégoûte, mais je peux pas m'en empêcher. J'ai essayé en prison, j'ai parlé à tous leurs docteurs, pendant des années et des années, je leur ai tout dit. (Son front commence à saigner sous les coups.) Ils m'ont laissé sortir, mais je savais que j'avais encore *ça* en dedans. Ça, c'est pas sorti. J'y peux rien ! Je t'aime !

— Lymon, arrête de te cogner la tête, Lymon, tu saignes.

Je m'accroupis et je prends sa tête entre mes mains.

— Excuse-moi ! (Il chiale encore et laisse aller son front contre moi.) Juste un peu, s'il te plaît, ensuite je

te conduirai chez toi, personne saura rien, je te recon-
duirai, juste dix minutes…

— Lymon…, je soupire, exaspéré.

— Cinq! Cinq minutes, pas plus! Et je te donne-
rai… (Il fouille dans sa poche.) Cent, non, deux cents
dollars! (Il agite une liasse sous mes yeux.) Je suis si seul!
il chigne.

Je le regarde me regarder comme un chien qui attend
que son maître relance le bout de bois.

— Je sais ce que c'est que d'être seul, Lymon.

Je lorgne le fric et je me dis que ce serait bien d'arriver à la maison avec quelque chose à donner à Sarah. Je
prends les billets, que je fourre dans une de mes godasses
vides.

— Oh, Dieu te bénisse, Dieu te bénisse, pas d'erreur,
t'es une sainte…

— Cinq minutes.

— Oh oui! (Il saute sur ses pieds.) Oh oui! Maintenant, assieds-toi un peu sur mon lit.

Sa voix chevrote et commence à repartir dans l'aigu.
Je m'assois sur le pieu et il s'agenouille devant moi.

— Je vais juste déboutonner ces mignons petits boutons de ta mignonne petite robe rose…

Les doigts tremblants comme ceux d'un alcoolo en
désintox, il détache lentement les boutons.

— Cinq minutes, Lymon, je lui rappelle.

— Oui, je sais, je sais… laisse-moi regarder… oh,
oh…

135

Il retient sa respiration comme un mec qui vient de perdre un pari d'un million de dollars.

— Quoi ?

— Nom de Dieu !

— Qu'est-ce qui va pas ?

— T'as… t'as un de ces mignons petits sous-vêtements tout blancs avec un mignon petit nœud bleu sur le haut ! (Des larmes inondent ses joues.) Je suis si heureux ! (Il me regarde, béat, il a l'air rajeuni de dix ans.) Maintenant, je peux mourir…

— Je suis contente de t'avoir rendu heureux, Lymon, je dis en souriant.

— En… enl… (sa voix est si aiguë qu'elle grésille) enlevons ce sous-vêtement tout blanc, tout blanc, tout blanc, s'il te plaît, s'il te plaît ?

— Bien sûr, Lymon, je vais l'enlever pour toi.

Je sors les bras de ma robe et je commence à retrousser le sous-vêtement. Il m'arrête.

— Ô chérie, plus lentement, s'il te plaît, j'en rêve depuis si longtemps… pas trop vite, je veux profiter de mes cinq minutes. Tu peux t'allonger ?

Je m'allonge sur le mince matelas de son lit de camp. Il se penche sur moi. Je rabaisse mon sous-vêtement et je le remonte lentement.

— Oh, c'est ton nombril ? il chantonne comme s'il parlait à un mioche. Je peux… je peux lui faire un bisou ?

— Bien sûr, Lymon, vas-y.

Il couine. Il baisse lentement la tête et son haleine brûlante sur mon ventre me chatouille. Je rabats mon sous-vêtement sur sa tête.

— Oh, elle est chatouilleuse, cette petite fille-là, hein?

— Non, je dis en rigolant.

Il gonfle ses joues et me plaque des bisous qui font un bruit de prout.

— Lymon! Lymon! Arrête! (Je me bidonne, mais il continue encore et encore à me souffler sur le ventre.) Arrête! je dis en le repoussant sèchement.

Il relève la tête.

— Oh, pardon, excuse… je me suis laissé emporter. Je peux passer à la suite?

J'acquiesce, je pose ma tête sur son oreiller trop dur et je retiens ma respiration. Il remonte mon sous-vête-ment au-dessus de ma poitrine.

— Oh, la vache! Oh, nom de Dieu! J'ai la berlue ou bien… ô Seigneur!

Il s'agrippe le cœur d'une main et soulève mon sous-vêtement de l'autre.

Je redresse la tête.

— Tu vas bien? je dis.

— Ooh, il gémit, oooh… t'as des… t'as des tétons de bébé… (sa voix flanche) des sublimes petits tétons de bébé! (Ses doigts ratissent ses joues comme s'il essayait d'arracher un masque.) Si roses, si plats, si minuscules, si parfaits!

Je regarde les lattes fissurées du plafond. Je vois la tôle du toit à travers.

— Je peux, je peux… toucher ? il halète.

Je fais oui et je me concentre sur le plafond, où je distingue des petites pattes qui détalent.

Ses doigts décrivent des cercles autour de mes tétons. Puis il se met à triturer les bouts par petites torsions saccadées, comme s'il prenait des pincées de sel.

C'est une sensation irritante, et ses gloussements m'énervent, mais j'essaie d'oublier en observant les griffes qui circulent sur une latte juste au-dessus de nous.

— Lymon, grouille-toi maintenant, je dis, les yeux au plafond.

— Encore une tite minute, juste une tite minute…

Je vois des petites queues qui se regroupent autour d'une plus grosse, j'écoute les couinements des bébés rats qui se blottissent contre leur maman.

— Lymon…

— Retourne-toi, oh s'il te plaît, retourne-toi, tu veux ?

Je râle, j'en ai marre, mais je me retourne sur le ventre.

— Merci, merci, merci… maintenant, je vais juste enlever ta robe, là…

Il passe les mains sous moi pour attraper le devant de la robe, qu'il fait glisser sur mes hanches, puis sur mes guibolles. Il commence à hyperventiler et je balise, j'ai peur qu'il tourne de l'œil.

— Lymon, tu devrais t'asseoir et mettre la tête entre tes genoux…

— Non, ça va, ça va, je vais bien… ça fait si long-temps…

— Et Pooh ? Pourquoi tu t'es jamais payé une passe avec elle ?

— Oh, elle est jeune, je dis pas, mais c'est pas une pure petite fille. Moi, c'est seulement les petites filles qui me plaisent, comme dans les pubs des magazines. Bien, bien, maintenant je vais retirer tes jolis petits collants blancs, d'accord ?

Il attend pas ma réponse, il attaque directement l'élas-tique de la taille.

Je pose ma tête sur mes bras croisés et je mate la photo d'une fillette épinglée sur le mur à dix centimètres devant moi.

— Bien, bien, maintenant je vais les faire glisser sur ta mignonne petite c… c… culotte r… r… rose. C'est Le Loup qui t'a offert ça ? Oh oui, je suis sûr, elle est trop… trop mignonne.

Je fais oui et je remarque que les photos de filles sur le mur sont toutes frottées et usées entre les cuisses et sur la poitrine.

Je sens un petit coup sec et oups ! adieu mes collants.

— Oh la la, oh la la la la ! Une petite princesse à cro-quer, ici sur *mon* lit, en petite culotte rose ! Ooh la la !

— Les cinq minutes sont passées, Lymon, je dis à la fille sur le mur.

— Laisse-moi m'asseoir ici pour te caresser un peu. Je veux juste toucher cette mignonne petite peau blanche de bébé.

Je hausse les épaules et il s'assoit illico à côté de moi.

— T'as la même peau que la petite fille de mon ex-femme, il gémit.

— Faut que je rentre à la maison, Lymon.

— Attends, attends…

Ses doigts rebondissent sur mon dos comme un avion qui rate son atterrissage. Finalement, après une nouvelle séance d'hyperventilation, il se met à me caresser doucement l'échine, les bras, les jambes.

— C'est très agréable, Lymon, je dis en frottant mes paupières qui s'alourdissent. Je crois que j'ai encore cette drogue dans le sang.

— Oh, oui, détends-toi, détends-toi.

— Mais vraiment ça fait du bien. Personne ne m'a touché depuis longtemps, je dis, la tête dans mes bras.

— Là… tout doux, tout doux, petite chérie. (Il passe une main dans mes cheveux, qu'il lisse soigneusement comme s'il peignait la crinière d'un cheval.) Quelles magnifiques boucles d'or, petite chérie, petite chérie.

Il chantonne avec une voix de femme. Mes yeux se ferment.

— Faut que je rentre…, je marmonne dans le matelas et je m'endors.

— Où il est passé?

Lymon me réveille en me secouant.

J'ouvre les yeux et j'essuie la bave qui me sort de la bouche.

— Hein?

Je regarde autour de moi, j'essaie de me ressaisir. Il me faut une bonne minute pour me rappeler où je suis.

— Où est ton petit trou? il me dit, paniqué.

— Mais entre mes fesses, tiens, je dis en essuyant mon bras mouillé sur l'oreiller.

Brusquement, je m'aperçois que j'ai plus de culotte.

— Eh! je proteste. T'as dit que tu m'enfoncerais rien dedans... Je dors depuis combien de temps?

— Où est ton autre trou?

Sa voix a changé, elle a perdu cet exaspérant drelin de sonnerie et ça me rassure.

— Hein? Faut que j'y aille, Lymon.

J'essaie de me tirer du lit.

Il me plaque sur le matelas, je suis tellement sidéré que je bouge plus. Je sens qu'il écarte mes jambes. Il me tâte entre les cuisses.

— Ô Jésus! il dit en me serrant quelque chose.

Je pousse un cri de douleur.

— Ô doux Jésus!

Il m'attrape par en dessous et me retourne sur le dos Il moufte pas. Il regarde, accuse le coup.

Je glisse lentement ma main entre mes jambes, vers mon pénis.

— Qu'est-ce que t'es? il dit.

Peu à peu, je vois la colère remplacer l'étonnement sur sa figure.

Je sais pas quoi répondre. Je suis aussi surpris que lui. Je touche encore. Il est toujours là, il a toujours été là.

— Qu'est-ce que t'es? il gueule et je me redresse en sursaut.

— S'il te plaît, ramène-moi à la maison, je murmure.

— Qu'est-ce que t'es?!! il hurle. T'es le diable?! T'es une vipère?! Qu'est-ce que t'es, nom de Dieu?! il crie à se faire péter les poumons.

— S'il te plaît, Lymon, je veux seulement rentrer chez moi!

Je me dirige vers la porte.

— T'es pas une petite fille! il beugle et se jette sur moi.

J'esquive, je m'arrache, je fais sauter les gonds de la porte en balsa et je me cavale à poil.

J'entends Lymon qui court en criant derrière moi, mais il me poursuit pas. En fait, il court vers le restau et il appelle à l'aide. Je fonce en direction de la file de camions qui attend Pooh, puis je change d'idée. Je tourne dans tous les sens, paniqué. Où je vais? Où je vais? Je décide d'aller récupérer mes fringues chez Lymon, mais je vois une bande d'agités qui sort du restau avec des torches.

Je mets le cap sur les marécages.

Je les entends gueuler après moi en me traitant de tous

142

les noms de Satan que je connais et de certains que je connaissais pas. Les droses à rat, les orties culaires, les je-sais-pas-quoi me bouffent les mollets et les moustiques me sucent comme un soda à la cerise. Mais je bouge pas. Je reste planqué derrière d'énormes feuilles de choux très puants. Je sors la tête pour voir la meute qui brandit des torches.

— Ô mon Dieu, je fais entre mes dents. Ô mon Dieu.

— She-Ra! She-Ra! Sarah! Sarah! She-Ra!

Je reconnais la voix de Pooh qui m'appelle. Je l'aperçois à la lisière des bois, toute seule, qui fouille les broussailles avec une lampe de poche. Je me lève et je me place dans son rayon lumineux.

— C'est toi? elle dit en étouffant sa voix.

— Éteins la lumière! je dis.

Elle éteint et je l'entends trébucher dans les broussailles.

— Où t'es?

— Par ici, par ici…

Je la dirige à l'oreille. Je vois ses contours devant moi et je lui tape sur l'épaule. Elle sursaute.

— Merde! (Elle se tourne vers moi et accommode ses yeux au clair de lune.) Beuh, ça schlingue, ici!

Je prends conscience d'un besoin irrépressible de me

jeter dans ses bras. Je grelotte, je serre mes mains sous mes coudes et j'attends que ça passe.

— T'es nu comme un ver, elle dit.

Je peux pas nier l'évidence. Elle regarde entre mes cuisses, secoue la tête et se marre.

— Oh, merde! elle se goberge. Excuse-moi mais… (elle me tapote l'épaule) ça pendouille comme un cornichon frit!

Et elle se plie en deux de rire.

Je sais pas pourquoi, je me mets à rire aussi. En vérité, je suis plus près de chialer, mais je le montre pas.

— Ouh…, elle fait en s'essuyant les yeux, je suis désolée, on dirait un deuxième pif. Ça paraît tellement déplacé sur toi.

— J'ai pas demandé à avoir ça là.

— Eh ben, si les autres te chopent… (elle pointe le pouce vers le restau) tu le garderas peut-être pas! elle pouffe.

— Tu peux m'aider, Pooh? je dis en tirant sur la manche de sa veste de cuir.

— Qu'est-ce qui s'est passé, hein?

Elle me frappe sur le côté de la tête avec sa paume comme pour me remettre les idées en place. Je lâche son bras et je recule. Elle a l'air vexée, j'ai peur qu'elle me tabasse.

— Tu devais rentrer chez toi avec Lymon, pas le baiser! elle râle.

— Je sais pas ce qui s'est passé…

Je regarde mes pieds nus qui s'enfoncent lentement dans la mousse spongieuse.

— T'es trop gourmand, voilà ce qui s'est passé. Il raconte à tout le monde que tu l'as fait raquer cinq cents dollars !

— Hein ? Deux, pas cinq ! Deux cents dollars, c'était !

— Je m'en fous, t'es trop con. Vingt dieux ! Tu sais ce qu'il aime. T'as oublié ce que t'es ? T'as oublié ce que t'es *vraiment* ?

Elle me file un coup dans le bras.

— Tu savais, je murmure.

Elle me file un autre coup

— Je savais que vous seriez incapables de vous retenir, tous les deux. Depuis que je te connais, t'en as jamais assez. (Elle taloche un moustique sur ma poitrine.) Je savais que tu pourrais pas refuser le fric de Lymon !

Je regarde le moustique raplati dégouliner sur ma peau.

— C'était pas pour le fric.

— Ah non ? Pour sa belle gueule alors ?

— C'était pas pour le fric.

— Ben voyons. Et le fric de Le Loup t'intéressait pas non plus, je suis sûre ? Il te payait qu'en Barbie, hein ? Combien tu lui as tiré ?

Je secoue la tête.

— Où tu planques ton blé ? Dis-le-moi et je te sors d'ici.

— Tu savais que Lymon me conduirait pas chez moi, je dis en fermant les yeux.

— Ouais, c'est ma faute, tout est ma faute. C'est moi qui t'ai dit d'allumer Le Loup chez le Jackalope. Le Loup, mon seul amour. C'est moi qui t'ai persuadé de faire croire à tout le monde que t'étais une sainte de mes deux ! Et c'est moi aussi qui t'ai dit de rester au paddock toute la journée à te chauffer le cul en faisant des miracles, en enfouillant les bons dollars des routiers et en transformant Le Loup en pédophile laveur de culottes comme Lymon ! Je sais pas qui t'es, je sais pas ce que t'es, mais si tu veux qu'on te prenne pour une sorcière, t'as gagné, mon pote, parce que c'est bien une vipère ce serpentin que je vois sortir là. (Elle pointe le doigt entre mes jambes.) En tout cas, si on me le demande, je dirai que c'est ce que j'ai vu.

Je souffle comme si j'avais reçu un direct à l'estomac.

— Alors t'as intérêt à me dire où t'as garé tes thunes. Sinon je me mets à gueuler comme un cochon coincé sous une clôture ! Tu vois, je savais que tu partirais jamais sans ton magot.

— Je sais pas comment c'est arrivé, cette histoire, je dis tranquillement. J'y suis pour rien. Ça s'est fait tout seul.

— Je sais que tu l'as planqué. J'ai fouillé partout chez Le Loup. Où est le fric ?

— Et je regrette sincèrement. Tout.

— Va le dire à saint Pierre, j'ai pas de temps à perdre. Le fric ?!

Je repousse le moustique crevé.

— Y a deux cents dollars dans ma godasse chez Lymon.

— Et le pognon que t'a refilé Le Loup ?

J'inspire profondément. Je ferme les yeux et je pense à Sarah. Je la laisse s'introduire en moi.

— Pooh, si je te le dis, tu me ramèneras chez moi. Tu me mettras dans un camion et t'attendras que je sois parti. J'ai aucun moyen de récupérer ce fric. Et y en a un paquet.

— Le fric d'abord. Ensuite je te mets dans le camion.

— Non, Pooh. Je te connais, je sais comment tu fais avec les poupées. Tu me trouves un camion tout de suite, ensuite je te dirai où est le fric et tu pourras aller le chercher pendant que je serai sur la route.

— Tu me prends pour une conne ? Pourquoi je te croirais ?

— Parce que cet argent me servirait à rien. Je serai sur la route, je te dis. Et parce que je veux te payer pour ton aide.

Elle lève la main, empoigne une mèche de ses cheveux et machinalement l'arrache. Elle plisse ses yeux charbonneux.

— Tu peux pas t'en sortir sans mon aide.

— D'accord, alors je brûlerai. (Je la regarde bien en

147

face.) Et, à ce moment-là, crois-moi, je serai pas d'humeur à te dire où est caché le fric.

Elle recule comme si je l'avais frappée.

— Et il est bien caché, j'ajoute.

— J'ai un chauffeur qui attend déjà pour t'emmener. (Elle fait un geste vers une petite bretelle d'accès à l'autoroute.) Mais pas de blague : dès que t'es dans sa cabine, tu me dis où il est planqué. Ça marche ?

— Ça marche.

— Mais ne dis pas que c'est du fric. Dis seulement : « Pooh, mes Barbie sont… » là où est le fric. Pigé ? Je veux pas que ce chauffeur prévienne un copain par CB qu'y a un magot quelque part.

— T'as confiance en lui ? Il me conduira chez moi ?

— Te bile pas pour ça, c'est pas Lymon et c'est pas une pédale. Il aime… (elle fait un grand mouvement de bras, qu'elle termine en pointant l'index sur elle-même)… *moi*. Il fera ce que je lui dis.

— D'accord.

— Bon. (Elle retire sa veste.) Tiens, couvre ce machin, par pitié.

On s'extirpe des broussailles pour rallier l'orée des bois. Un Peterbilt noir est parqué près d'une vieille route goudronnée défoncée menant à l'autoroute.

— J'allais pas les laisser te brûler, va. Je savais que je te retrouverais dans les marécages, elle dit en me tapant dans le dos. Tu vois, j'avais préparé ton évasion.

Elle désigne le camion.

— Merci, Pooh, je réponds en essayant d'avoir l'air reconnaissant.

On marche jusqu'à la cabine. Pooh tape un signal sur la portière et j'attends, le palpitant en ébullition.

— Monte, Pooh, répond de l'intérieur une voix grave indéfinissable.

— Demande-lui s'il peut s'arrêter au supermarché pour m'acheter un falzar. Je le paierai à l'arrivée.

Elle acquiesce, grimpe sur le marchepied et ouvre la portière. Elle me fait signe de la suivre. J'essaie d'apercevoir la gueule du mec qui doit me reconduire. Il est courbé sur une immense carte routière et suit du doigt les petites lignes rouges et bleues. Il nous regarde brièvement, puis replonge sa tronche burinée de routier dans sa carte. Ça me rassure de le voir étudier l'itinéraire. Ça prouve qu'il a vraiment l'intention de me reconduire.

— C'est pour c't'oiseau-là qu'on a dû faire demi-tour ? il grogne.

Pooh se tourne vers moi avec un regard qui plaisante pas.

— Où sont les poupées ?

— Demi-tour ? Qu'est-ce qu'il a voulu dire par là ? je demande en biglant le routier.

Pooh me tape sur le bras avec impatience.

— Tu veux rentrer chez toi, oui ou merde ? elle murmure, furieuse.

— Ouais, c'est pour cet oiseau-là, dit une autre voix.

Et cette autre voix me glace les os comme une douche froide.

— Les poupées, insiste Pooh, rageuse, entre ses dents.

— Je me suis débarrassé de ces poupées, Pooh. Tu le sais bien. C'est pas des jeux pour une sainte.

Je me tourne lentement. Je reconnais les bottes en lézard.

— C'est des jeux pour les gentilles petites filles…, dit Le Loup en tendant le bras pour dénouer négligemment les manches de la veste de Pooh que j'avais enroulées autour de mes hanches.

— Je t'avais dit que je la retrouverais, dit Pooh avec empressement.

Je regarde le nœud se défaire et Le Loup retirer avec langueur la veste qui me couvrait.

— Ce que vous n'êtes ni l'une ni l'autre…

— Je suis sûr qu'ils ont planqué des alambics dans ce coin-là, dit le chauffeur en désignant un point sur la carte.

— On va y retourner, dit Le Loup. Dès que j'aurai réglé ce petit problème.

— Et moi, faut que je retourne bosser, Le Loup ? demande Pooh derrière moi.

— Je sais que t'adores le boulot, Pooh, je veux pas t'empêcher de suivre ta vocation.

— À plus tard, elle dit en agrippant la poignée de la porte.

— Pooh…

— Ouais?

— Ça m'ennuierait de découvrir que t'es mêlée à cette histoire. J'aimerais pas apprendre que c'est pas toi qui as donné cette idée à Lymon ou que tu lui as filé un coup de pouce…

— Je te jure, Le Loup. Va pas croire les bobards de Lymon ou de ces soûlardes, c'est des jalouses… (Elle déglutit bruyamment.) Je sais seulement que Lymon aurait fait n'importe quoi pour une passe avec elle… hum, je veux dire *lui*, elle rectifie en haussant les sourcils, et je suppose qu'il a pas pu se retenir. Si j'avais été au parfum, je te l'aurais dit.

— Casse-toi, Pooh.

J'entends la porte grincer et, sans réfléchir, comme ça me vient, je dis :

— J'ai jamais planqué de *poupées*, Pooh. Y en a pas, y en a jamais eu.

Elle claque la porte et descend du marchepied.

— Faudra que je rappelle à Pooh de pas claquer les portes, dit Le Loup avec un ricanement vicelard.

J'essaie de lever les yeux mais je vois pas plus haut que le bord de ses bottes. Je laisse mes mains pendre sur les côtés. Je voudrais me couvrir, mais j'ose pas bouger.

C'est drôle, l'angoisse du châtiment a quelque chose de presque rassurant, comme si je retrouvais une sensation familière. J'ai l'impression d'avoir déjà vécu ça, cette terreur calme.

— Kent, conduis-nous chez moi, dit Le Loup sans bouger.

— Tout de suite.

En entendant le mec replier la carte, même si j'ai compris maintenant qu'il l'avait pas ouverte pour étudier l'itinéraire de mon évasion, je me sens lâché, trahi, je suis écœuré.

Il démarre et roule lentement vers chez Le Loup. Je sais qu'il me regarde de travers. Le camion tressaute, j'ai du mal à tenir droit, mais je veux pas lever les yeux, j'essaie de me raccrocher comme je peux au siège du passager.

Quand le camion s'arrête, Le Loup m'adresse enfin la parole :

— Sors !

Je me retourne, j'ouvre la portière et je descends.

Le Loup dit quelques mots à Kent, puis saute derrière moi. Sans moufter, il va ouvrir la grange. Je le suis à l'intérieur. Il fait froid. Ça sent le renfermé.

Les muscles de son dos semblent se relâcher un peu quand on se retrouve seuls chez lui.

Je veux dire quelque chose. Quelque chose qui expliquera tout, réglera tout. Si j'étais Sarah, je saurais quoi dire et comment le dire. Elle sait toujours ce qu'il faut dire.

Pour la première fois, je le regarde en face. Je détecte

un petit frémissement sur sa figure quand nos yeux se croisent, comme sous l'effet d'un courant d'air froid. Il ouvre la bouche pour parler, puis la referme.

Il y a du désir dans son regard, je le sens, je voudrais trouver les mots pour l'attiser, mais il se détourne et attrape un tabouret de bois qu'il place au centre de la pièce.

— Assieds-toi, il me dit sans s'énerver.

Je grimpe sur le tabouret, les mains sur les genoux pour cacher mon sexe. Le Loup m'écarte doucement les bras, les soulève et les laisse retomber de chaque côté.

Il se baisse pour prendre quelque chose dans sa botte. Je le vois sortir un truc, qu'il manipule en disant :

— J'ai pas le choix.

Et il ouvre un rasoir à longue lame.

J'ai le trac. Je me suis gouré : ce que j'avais pris pour du désir dans ses yeux était en fait du regret. Un deuil.

Je peux plus respirer, je suffoque. Je fais non de la tête. Il a son regard des mauvais jours, celui qu'il réserve aux gagneuses qu'il emmène dans l'autre pièce pour leur apprendre la discipline. Maintenant seulement je mesure la chance que j'avais quand j'étais sa petite protégée. C'est fini, tout ça. La rage qui lui contracte les mâchoires est entièrement dirigée contre moi, cette fois. J'ai l'impression de voir la mort en face. J'essaie encore de dire quelque chose, n'importe quoi, mais les mots restent collés dans mon gosier. Il vient se planter entre mes jambes écartées.

— Adieu Sarah, il dit.

Il lève son coupe-chou au-dessus de moi. Je vois un éclair d'acier, je sens une coupure sèche et, dans une sorte de brouillard, je comprends qu'une partie de moi vient de tomber sur le sol.

Je suis étalé par terre. La lumière de l'après-midi me raye la figure. Je ressens une douleur perçante quelque part. J'ai les mains poisseuses. Je les regarde, elles sont en sang. Tout devient noir.

— Debout !

Je sens quelque chose qui me pousse les côtes.

— Réveille-toi.

J'ouvre les yeux. Le Loup est debout au-dessus de moi. Je vois flou. J'entends des voix dehors. Je tourne la tête vers la fenêtre. C'est le soir.

— Je suis à moitié mort ? je murmure.

— Debout !

Le pied de Le Loup me rentre dans le flanc.

Je suis étonné d'être encore capable de me redresser sur les coudes. Après quelques incitations supplémentaires de la botte de Le Loup, je réussis même à m'asseoir. J'aperçois vaguement des traînées écarlates sur mon corps. J'ai la tête qui bourdonne et me fait mal comme un million de pointes d'agrafes.

Je suis au-delà des larmes.

L'idée de me jeter à ses pieds pour le supplier me traverse l'esprit. Le supplier de… je sais pas quoi, juste pour le principe. M'accrocher à ses genoux comme une sangsue et ne plus le lâcher.

— Debout !

Il m'attrape par le bras et me soulève.

Je suis de plus en plus étonné : j'arrive à me tenir debout, j'arrive même à mettre un pied devant l'autre et à le suivre dans la salle de bains sans me casser la gueule.

Il ouvre la porte d'un coup de tatane et me traîne à l'intérieur. C'est ici qu'il va m'achever. Je dois pisser le sang et il a besoin de la baignoire pour…

— Regarde ! il dit.

Je le regarde.

— Pas moi. Là ! il dit en me démanchant la tête.

Je la retourne vers lui pour le regarder encore. Il me regarde aussi, mais indirectement, dans la glace. Un grand miroir encadré, avec des ampoules rondes tout autour, comme dans les loges des stars. J'ai passé des heures devant cette glace à essayer d'imiter les attitudes de Sarah, quand elle cligne de l'œil, envoie un baiser et rejette ses cheveux en arrière en un seul mouvement.

— Regarde !

Il me bouscule, je tourne enfin la tête dans la direction qu'il veut et, dans le miroir, je vois quelqu'un debout à côté de Le Loup. Quelqu'un que je reconnais pas. Une tête scalpée. Des lacérations et des traces de sang souillent la blancheur virginale du cuir chevelu. Il reste une longue boucle d'or, une seule, au milieu, comme la corne ramollie d'une licorne. Le Loup l'empoigne, toujours en me regardant dans le miroir, et la déroule comme pour vérifier l'état d'un ressort. Puis il lève son coupe-chou et l'abat d'un méchant coup sec. Comme un oiseau rasant la flotte pour cueillir sa proie, la lame frôle la peau et sectionne la dernière touffe de cheveux. Le Loup la serre dans son poing au-dessus de sa tête.

Un filet de sang ruisselle sur le crâne, dégouline sur le front, bifurque sur un sourcil et s'agglomère pour former une grosse goutte rouge. J'observe la goutte, on dirait un rubis. Elle se détache et s'écrase dans un œil.

Mon œil.

Je bats des cils et la goutte s'incruste sous mes paupières. J'ai le blanc de l'œil tout rose.

J'entends un rire, grave et guttural d'abord. Puis je réalise que c'est un cri de guerre. Je me tourne et je vois Le Loup qui brandit le poing au-dessus de ma tête, la bouche en O pour pousser des youyous de victoire. Il m'empoigne de son autre main et m'extirpe de la salle de bains. Dehors, les voix grondent, c'est comme un marmonnement tenace.

En passant devant le tabouret, j'aperçois, éparpillé tout autour comme des paillettes tombées d'un sapin de Noël, le reste de mes cheveux.

Il me traîne jusqu'à la porte de la grange et la déverrouille. Avant de l'ouvrir, il se plante derrière moi, me tire les bras en arrière et me ligote les poignets.

— Bouge pas de là, il me dit en me plaquant contre le mur à côté de la porte fermée.

Il se donne même pas la peine de me mettre en garde contre une nouvelle tentative d'évasion, preuve qu'il me traite comme une quantité négligeable. J'ai vraiment l'impression d'être une merde.

Il ouvre la lourde en coup de vent. J'entends ses bottes résonner sur les planches de la terrasse. Il s'arrête. Les voix, pas si nombreuses que ça, se taisent.

Je m'appuie contre le mur et je me laisse glisser sur le sol.

Dehors, tout le monde la boucle. Finalement, à travers la porte entrouverte, j'entends Le Loup gratter une allouf sur la rambarde. Le silence est tel que je l'entends même tirer sa première bouffée. Je capte une odeur de fumée, mais c'est pas du tabac, ça sent la suie, le pétrole, c'est de la fumée noire : des torches. J'imagine un tas de fagots empilés autour d'un piquet de bois. Comme Jeanne d'Arc, je vais cramer sur un bûcher. Je vois déjà la gueule de Sarah quand elle apprendra que je suis mort en sainte martyre des Gagneuses : en plus de l'affreuse douleur que lui causera ma perte, elle sera méchamment impressionnée, j'irai même jusqu'à dire jalouse.

Après une demi-douzaine d'allées et venues tranquilles, Le Loup s'éclaircit la gorge.

— Je tiens à vous remercier tous d'être venus par

cette chaude soirée d'automne. (Sa voix est sereine, mais avec une note saumâtre virant au sournois.) À ce que j'ai cru comprendre, y a eu pas mal d'agitation ici, dernièrement.

Murmures d'approbation dans la foule, qui sort enfin de son mutisme.

— On m'a parlé de magie noire…

Nouveaux murmures, plus francs. Ils confirment tous.

— Il y aurait eu des métamorphoses, des malveillances et… (les bottes s'immobilisent) des crimes contrenature.

Avant que la foule puisse réagir, il enchaîne :

— Je sais aussi que, quand l'argent rentrait, la chanson était différente, y en avait que pour Jésus, on parlait de sainteté, de miracles. Glorifions tous le Seigneur !

Il change de ton, il fait dans le lyrique comme un prédicateur ambulant, sur le mode questions et répons. Sauf que j'entends personne répondre.

— Mmmm, ça sentait bon le pognon et il me semble pas avoir entendu qui que ce soit suggérer alors de mettre le feu à *ma* maison, de brûler *mon* bien… mais peut-être que je me trompe.

Malaise dans l'assistance.

— Y a-t-il quelqu'un ici qui aurait l'obligeance de m'éclairer sur les bienfaits du feu et de son usage ?

Pas de réponse.

— Vous êtes sûrs ? Parce que j'aimerais beaucoup

158

profiter de votre science et de votre sagesse! (Il recommence à marcher de long en large.) Maintenant, je dois avouer que cette histoire de vipère noire parmi nous me turlupine énormément. Quand je pense aux terribles préjudices que vous a causés à tous et à toutes cette... vipère noire, je me fais du mouron, si, si, vraiment. (Je l'entends tirer une chaise.) Donc, je vais m'asseoir ici pour écouter les doléances de chacun et chacune d'entre vous. Parlez sans crainte. Expliquez-moi en détail les dommages dont vous avez personnellement souffert. Allez, venez tous! Soyez pas timides. Stella? (Je reconnais la toux sèche de Stella en réponse à l'invitation de Le Loup.) Petunia? Je sais que tout le fric que vous avez tiré aux Yanks et autres visiteurs venus ici en pèlerinage ne peut en aucun cas compenser les dépenses engendrées par tous ces coffrets de maquillage et toutes ces robes télégéniques que vous avez dû acheter. Je suis d'accord avec vous, y a sûrement l'Antéchrist derrière tout ça.

Stella tousse encore, mais c'est pas vraiment de la toux, plutôt une façon dire : « Quelqu'un m'a parlé? »

— Alors? J'attends. Stella! Petunia! Ooh, allons, allons, fais pas ta rosière, dis, pas avec moi! Et toi, Mary Grace, hein?

D'après le bruit, Le Loup vient de pivoter sur sa chaise.

— Maintenant, j'ai entendu des rumeurs, et vous savez que j'attache jamais beaucoup d'importance aux rumeurs, comme quoi vous auriez, vous et toute l'équipe du restau, vendu des crèches en pommes de terre à un certain nombre de nos récents visiteurs. Je crois comprendre qu'il vous en reste des sacs pleins en train de faire des fanes et… et un gâchis pareil, ça peut être que l'œuvre du Malin.

J'entends Mary Grace murmurer quelque chose.

— Ne dites pas non, pas de gêne entre nous, fait Le Loup avec une convivialité ironique. Allez, allez! Je vous annonce que cette vipère noire est ici, dans la grange, maintenant! (Il tape du pied.) Amenez vos torches et foutez-y le feu! Allez! Ça tente personne?

Mon palpitant s'accélère après cette invitation à m'incinérer et je tends l'oreille pour savoir s'il y a des candidats. Le Loup se lève.

— Lymon! il dit comme si Lymon était un vieux cousin qu'il avait pas vu depuis longtemps. Lymon, vas-y, toi, prends une de ces torches et brûle-moi cette sorcière qui hante ma maison. Cette petite fille… (il prononce le dernier mot avec une vicelardise appuyée) cette petite fille qui t'a tellement foutu la trouille. (Il tapote la porte.) Tu pensais pas à mal, t'essayais juste de troncher une innocente petite créature pendant que son tonton était pas là et le coup a foiré, à ce qu'on m'a dit. Oh, t'as pas de bol, vraiment, je suis désolé. (Je vois l'ombre de la tête de Le Loup qui dodeline.) C'est bien ça, hein? Eh ben, vas-y, tiens, venge-toi. Non?

Silence de plomb.

— Personne?

Les seuls qui répondent sont les criquets et un loup qui hurle au loin.

— Bon ! J'ai une annonce à vous faire…

Sans me laisser le temps de comprendre ce qui se passe, Le Loup vient m'alpaguer dans mon coin et me traîne sur la terrasse.

Tout le monde retient son souffle. Je mate mes pieds nus, qui m'apparaissent comme des bestioles bizarres sur le bois grisâtre.

— Je voudrais vous présenter… (il marque une pause et me soulève le menton)… Sam.

On entend voler les mouches et crépiter les torches. Je regarde par-dessus les têtes et les flammes vers les collines environnantes.

— Maintenant, puisque je constate qu'aucun de vous ne se décide à brûler ce… (il me tire le bras d'un coup sec pour me propulser sur le devant de la scène) cette vipère noire… je suppose que nous pouvons tous vaquer à nos affaires.

Au clair de lune, les herbes ondulent sous le vent comme des créatures invisibles batifolant sur les coteaux.

— Pour votre information, si vous voulez rendre visite à Sam, il travaille dorénavant dans le parking de Stacey. Ceux qui veulent prendre rendez-vous peuvent s'adresser à Stacey ou à moi-même. C'est noté, Lymon ?

Le rire jaune qui parcourt l'assistance cède vite la place à un silence mortel et au bourdonnement des insectes nocturnes.

Du coin de l'œil, je vois Le Loup qui balaye le groupe du regard.

— Bon, eh bien... passez tous une bonne nuit.

Là-dessus, il me ramène à l'intérieur. J'ai tellement les grelots que la chaleur me fait presque mal : il faut un certain temps pour que la terreur décongèle.

— Enfile ça, il me dit en me montrant un jean, une chemise et une paire de baskets râpées. Les vieilles fringues de Pooh devraient t'aller.

Il se barre dans la cuisine, s'assoit en soupirant et se verse à boire dans un des bocaux de Pooh.

Ça fait belle lurette que j'ai pas porté de jean et j'enfile les jambes très lentement comme s'il y avait un danger caché à l'intérieur. Je remonte le froc jusqu'à la taille et, là, c'est le blocage. J'ai la bouche pendante, le menton qui tremble. J'arrive pas à fermer la braguette, rien à faire, ça coince. Je cherche de l'air, je suis asphyxié. C'est comme si tout l'oxygène de la pièce était aspiré vers l'extérieur, comme si une soupape était restée collée dans ma poitrine et que seul un cri pouvait relancer le tirage.

— Fringue-toi ! crie Le Loup derrière le comptoir de la cuisine.

Un courant d'air envoie une touffe d'herbes rouler vers moi. Quand elle passe sur mes pieds, je m'aperçois que c'est une touffe de cheveux. Alors, c'est comme si on m'injectait du poison, j'ai les doigts qui se raidissent, qui s'écartent, paralysés. Mes jambes se dessoudent, elles me soutiennent plus, je m'écroule. Quand mes rotules touchent le sol, quelque chose se débloque en moi et je me mets à chialer.

— Putain, qu'est-ce que tu fous? gueule Le Loup en se levant.

Un autre sanglot me secoue. Je courbe l'échine, écrasé par un fardeau trop lourd pour moi.

— Tu vas te fringuer, oui ou merde? il dit se postant à côté de moi. Vite!

J'essaie de faire le plein d'air avant la prochaine secousse.

— Tu fais chier! il crie.

J'arrive à tourner la tête vers lui. Il me menace avec le bocal.

— Tu fais chier! il beugle en armant son bras comme un lanceur de base-ball.

Il vise ma tronche, grogne, lance le bocal de toutes ses forces, mais dévie le tir au dernier moment et le verre explose à deux mètres de moi.

— Tu fais chier!

Et il sort de la grange en claquant la lourde derrière lui.

Je bosse dans le parking derrière les vieux chiottes, caché par des taillis de lauriers, au bout d'une route sale et poussiéreuse. Dans les roulottes bancales reliées entre elles, qui attendent un bon orage pour s'écrouler définitivement, habitent six autres gagneuses. Toutes des hommes. Le taulier est Stacey, un chauve à gros bide, aux sourcils épilés. Paraît que c'est un ancien routier. Il passe ses journées et la moitié de ses nuits, assis dans un transat couleur ongle sale, à prendre les réservations de ses garçons par CB et à regarder des feuilletons retransmis par satellite du monde entier. Il parle que l'anglais, mais il est préconditionné pour rire, pleurer ou se ronger les ongles quand il faut. Il a quand même commandé une méthode pour apprendre le portugais, parce qu'il est très impressionné par la méchante d'un feuilleton de la télé portugaise et il voudrait pouvoir être aussi caustique et spirituel verbalement qu'elle semble l'être d'après ses expressions faciales.

Tous ses garçons pioncent sur des lits de camp, dans le fond. Je suis le plus jeune, mais je suis ni le souffre-douleur ni le protégé de personne. On me tolère, plus par indifférence que par bonté d'âme.

Y en a deux qui sont des pochetrons irrécupérables. Tout leur fric passe dans les bocaux de gnôle que Stacey leur vend au prix fort. Deux autres sont des cœurs brisés, abandonnés au Three Crutches par leurs anciens amants routiers, qui essaient de diluer leur chagrin en inhalant des sachets de colle ou autres solvants divers que Stacey leur vend aussi à des prix nettement surévalués. Ses notes sont tellement salées qu'ils finissent tous par lui emprunter du fric et se retrouvent endettés jusqu'à la glotte, ce qui fait qu'ils sont tous coincés ici, vu qu'ils peuvent pas mettre les voiles tant qu'ils ont pas payé leur ardoise.

Le dernier, un gars à peine plus vieux que moi, est un voleur qui s'est fait choper en essayant de se calter par la fenêtre du Three Crutches avec la caisse et dix boîtes de pâté de foie. Comme les autres, et comme moi, il est cloué ici tant qu'il a pas remboursé ses dettes.

Comme les pompiers, on est de perm 24 heures sur 24, mais y a jamais beaucoup de boulot. La plupart du temps, chacun éponge sa biture personnelle affalé sur une chaise pliante en métal rouge devant les feuilletons de Stacey.

Les michetons qui viennent voir les gagneuses mâles de Stacey sont généralement des routiers trop fauchés pour se payer les gagneuses femelles du parking central et trop obsédés ou trop bourrés pour faire les difficiles.

C'est pas des baiseurs tendres. Quand Stacey m'envoie gratter de la banquette dans un camion, je commence par me taper une lampée ou un sniff que je rachète aux autres pour me regonfler le moral. Je les paie avec les pourliches que je suis censé refiler à Stacey. Il m'a pris en flag deux ou trois fois et m'a foutu une torgnole saignante, mais pas assez persuasive pour m'encourager à affronter la clientèle à jeun.

Les michetons parlent pas, me regardent pratiquement pas. Ils me besognent à la dure, comme un levier de vitesse enrayé dans un virage serré. Ils m'engueulent s'ils sont trop bourrés, ils m'engueulent s'ils sont pas assez bourrés. Ils me filent presque jamais de bakchich et il m'a fallu plusieurs mois pour rompre avec l'habitude, enseignée par Glad, de m'incruster poliment jusqu'à ce que le mec se fende d'une rallonge. Ça m'a coûté quelques yeux au beurre noir et quelques morceaux de dents. À la longue, j'ai pigé pourquoi je voyais toujours les gagneuses indépendantes, celles qui avaient pas de julot pour les protéger, s'éjecter des camions comme des boulets de canon. Quand ces michetons-là ont fini, vaut mieux décarrer en vitesse, parce qu'y en a toujours un qui se rappelle subitement que t'es juste une roulure professionnelle, et un pédé par-dessus le marché.

Faut qu'ils nous amochent grave pour que Stacey se donne la peine d'en toucher un mot à Le Loup. Stacey se contente de nous filer la clé de l'armoire à pharmacie et ferme les yeux si on écluse l'alcool à 90.

Le plus souvent, les homos hard me renvoient en disant que je suis un gringalet et qu'ils veulent un homme. Les michetons qui me plaisent, c'est les gays lavande, des hommes qui me parlent comme Lymon quand il me prenait pour une fille. Ils ont les mains qui tremblent pareil, ils me tripotent en douceur et me parlent d'amour. C'est les seuls avec qui j'ai une chance de développer ma double vue, sauf qu'ils veulent tous la même chose, ce qui me donne pas vraiment l'occasion de faire mes gammes.

Ils me promettent toujours de revenir me chercher sur le chemin du retour. Ils m'envoûtent avec le récit détaillé de mon sauvetage proche, ils disent qu'ils vont m'adopter comme un fils. Au début, j'y crois dur comme fer, je guette leur venue tout au long de l'hiver en trifouillant la CB pour capter leur signal. Aujourd'hui, ça fait belle lurette que la neige a fondu et j'attends toujours. Maintenant, je leur interdis de me faire des promesses. Je les laisse me baiser la main, je leur jure que j'ai pas besoin d'eux, que je veux pas qu'ils viennent me sauver, mais je continue à attendre leur retour. Je fourre la moitié de leur pourliche dans ma culotte et l'autre dans ma poche pour Stacey.

Comme on n'a pas le droit d'aller au restau, j'ai revu personne que je connais depuis longtemps. On bouffe des spaghetti en boîte et des burritos de Clarksburg réchauffés au micro-ondes. J'ai pas revu Le Loup non plus depuis le jour où il m'a collé ici. Je le guette quand même. Je grimpe sur le toit des vieux chiottes, d'où j'ai une vue imprenable sur l'autoroute. De temps en temps, j'avise sa Trans Am noire qui vient dans notre direction et je prie pour qu'il bifurque dans la route poussiéreuse. Il me dira que j'ai payé ma dette et que je peux repartir. Et puis, tant qu'on y est, il me raccompagnera lui-même chez moi. Mais sa bagnole passe toujours sans même ralentir.

Le voleur a essayé de s'évader une fois. Mais y a que deux chemins possibles. Le premier à travers les marais, mais on n'a jamais vu personne en sortir autrement que sous forme de cadavre. L'autre, c'est l'autoroute mais, là, le problème, c'est la forêt. Trop de broussailles. Impossible à franchir. Donc, si on veut faire du stop, on n'a pas le choix, faut marcher à découvert sur le bord de la route. En moins de dix minutes, Stacey est prévenu par CB qu'y a un piéton en maraude sur le bas-côté et, aussi sec, il envoie quelqu'un vérifier l'identité du touriste. D'habitude, le routier reconnaît l'égaré au premier coup d'œil et fait savoir à Stacey qu'il a du personnel en cavale. La troisième solution, ce serait de se faire embarquer par un micheton pendant qu'on est dans le camion. Mais c'est encore pire. Peu importe combien de tartes aux pommes Stacey s'est enfilées derrière la cravate, peu importe s'il a les yeux en meurette ou l'air catatonique comme ses sniffeurs de colle, il a un sixième sens qui l'informe en permanence de la localisation et de la durée des passes de ses gars. Si l'un d'eux essaie de négocier son ticket de sortie avec un chauffeur, il le sait instantanément. Il a un don pour ça. Avant que le camion ait mis un pneu sur l'autoroute, la vieille sirène anti-raid aérien braille dans le restau. Tous les routiers le savent : les gagneuses de Le Loup sont à consommer sur place, pas à emporter. Et personne n'ira s'apitoyer sur les fractures et les coquards du téméraire qui essaierait. Con comme un balai, il l'a cherché, diront de lui les autres routiers. Les seules gagneuses qui ont assez de couilles pour tenter le coup le font parce que leurs réserves de gnôle ou de colle sont à sec et qu'elles veulent court-circuiter Stacey en allant s'approvisionner elles-mêmes. Elles vont jamais loin et paient cher la balade quand elles se font alpaguer. J'ai entendu raconter que le voleur en cavale s'était faufilé tout content dans la Trans Am noire qui s'était arrêtée pour le prendre en stop. Paraît qu'il a dit au chauffeur de mettre les gaz en lui promettant un paquet de fric. Ils ont fait presque dix bornes avant qu'il s'aperçoive que c'était Le Loup en personne qui tenait le volant en se gobergeant gentiment de la gourance du pauvre type.

Personne ne l'a revu avant deux mois. Il marche toujours en dévissant de la hanche et porte encore sur la gueule des marques comme des taches délavées de tarte aux myrtilles.

Mon seul espoir a été un gay lavande en qui j'ai vraiment cru. J'ai posé un doigt sur ses lèvres avant qu'il jure de me sauver. Je lui ai glissé une note avec « Glading Grateful ETC. du Doves » écrit dessus.

— S'il te plaît, appelle-le et dis-lui que je suis coincé ici, je lui ai dit en enfonçant le papier plié dans la poche de sa chemise et en appuyant ma main contre son cœur.

Du haut de mon perchoir, je guette, espérant voir un jour rappliquer Glad. Je suis sûr qu'il me rachètera s'il sait où je suis. Je suis sûr qu'il hésitera pas à traverser les

Cheats. Ça fait des mois que je guette, mais peut-être que Glad attend la fin du dégel.

Enfin, un jour de printemps, de mon poste d'observation je vois une silhouette familière traverser les herbes boueuses dans ma direction. Je plisse les yeux pour essayer de deviner qui c'est. Je crois reconnaître la démarche, le pas fuyant et le cul qui tourne. Je saute, je fonce à sa rencontre et je m'arrête net en voyant que c'est Pooh. Elle me fait coucou de la main en souriant comme si on avait pris le thé ensemble hier après-midi. Je veux faire demi-tour, l'envoyer braire, mais en même temps, je sais pas pourquoi, sa venue me remplit d'espoir.

— Hep! elle me lance en sourdine. On m'a dit que je te trouverais ici.

Elle a un look d'enfer : un survêtement en satin rouge, des longues bottes et les cheveux comme une chanteuse de country de Nashville.

— La vache, Pooh! T'as l'air d'une star de ciné! je dis quand elle arrive à ma hauteur.

— Et toi… (elle fait un pas en arrière) t'as l'air d'un déterré. Je croyais que tes boucles auraient repoussé depuis le temps! elle dit en passant sa main dans mes cheveux en brosse.

Je rejette la tête en arrière pour l'empêcher de me toucher. Elle laisse sa main en suspens, d'abord surprise par ma réaction, puis moitié vexée moitié gênée.

Je m'éclaircis la gorge.

— J'ai pas le droit de laisser pousser mes tifs.

Je mate ses bottes, en peau de lézard comme celles de Le Loup.

— Tu te fous de moi ? elle dit en abaissant sa main.

— Non. Ordre de Le Loup. Stacey me rase lui-même tous les dix jours.

Pooh me bigle, secoue puis détourne la tête et crache.

— Ben, tu vois, c'est marrant que tu dises que j'ai l'air d'une star de ciné parce que, justement, je vais à Hollywood !

Je tique.

— Pour de bon ? Hollywood ? (Elle confirme.) Le Loup te laisse partir ?

— Un célèbre imprésario d'Hollywood a entendu parler de moi jusqu'en Californie et il est venu spécialement pour me voir. Du biscuit, le mec, tu lui tartines le cul et t'as un petit beurre. Je l'ai emballé en deux coups les gros.

Elle se tape la cuisse en rigolant.

— Comment t'as fait ?

— Ma double vue. J'ai tout de suite pigé ce qu'il voulait : qu'on lui change sa couche comme un bébé, qu'on lui donne le biberon et qu'on lui tape dans le dos pour qu'il fasse son rot. Il l'avait jamais dit à personne au monde, le pauvre chéri, mais je savais !

— Merde…

Je suis jaloux, elle m'impressionne.

— Il m'a rachetée à Le Loup, il m'emmène avec lui et je vais faire mes débuts dans le cinoche ! Il dit qu'une fille douée comme moi aura aucun problème pour inspirer les plus grands réalisateurs et convaincre les plus grands producteurs de mon extraordinaire talent.

— Eh ben, félicitations, Pooh. Je te souhaite bonne chance. Si t'es venue pour crâner, faut pas te gêner. Et, pour te mettre à l'aise, je te demanderais bien de me laisser un souvenir, mettons ta vieille flasque...

— Non, en fait, je...

— Et, pour que tu te sentes vraiment bien, je vais même te demander, te supplier à genoux si tu préfères, de me la remplir de ce cordial que t'éclusais toute la journée et toute la nuit.

Elle me prend le bras.

— Sarah...

Entendre le nom de ma mère prononcé à haute voix par quelqu'un, avec un gentil serrement de bras en prime, ça me déstabilise. Je lui serre le bras aussi.

— En fait, je suis venue pour revisser quelques têtes et quelques membres, elle dit d'une voix douce.

On regarde en silence un lézard d'eau à pois rouges trotter sur mes baskets pourries.

— Tiens.

Elle me lâche et farfouille dans son haut de survêt. Lentement, elle extirpe une lanière de cuir qu'elle détache de son cou avec précaution pour pas abîmer sa coiffure.

— C'est à toi, elle dit en me tendant mon os de pénis de raton.

À le voir là, dans la main de Pooh, il me fait l'effet d'un objet artisanal d'une civilisation perdue. Je me mets à rire.

— Quoi? dit Pooh en commençant à rire aussi, par contagion.

Je me marre si fort que je peux plus parler. Je finis par reprendre mon souffle.

— Tu sais, Pooh, t'as raison à mon sujet. (Je rigole encore un peu.) Je suis gourmand! Je voulais un os plus gros, le plus énorme de tous, et… (je rafle le collier dans sa main) et c'est ce qui m'a mené où je suis maintenant!

— Eh bien…, elle commence.

— Alors, si tu crois qu'en me rendant mon os tu revisses des membres… (Je le fourre dans ma poche.) Je te le dis franchement, j'aurais vachement préféré que tu me files un bocal de gnôle, putain merde, j'aurais même accepté ton alcool à brûler filtré dans du pain de mie!

— J'en ai plus, elle dit à mi-voix.

— Eh ben, dans ce cas… (Je lui tends la main. Elle me tend la sienne mollement et je la serre un bon coup.) Tchao. Va coincer la bulle à Hollywood! Moi, je suis un *garçon* qui travaille (j'appuie méchamment sur le mot «garçon»), j'ai des bites à sucer, des banquettes à brouter! (Je tourne les talons et je me tire.) Alors, si tu veux bien m'excuser…

— Sarah! elle appelle.

Je serre les poings et je continue à marcher.

— Sarah!!!

173

J'entends qu'elle me court après et je pique un sprint. Je fonce à travers la clairière. Je jette un coup d'œil par-dessus mon épaule et je vois qu'elle me poursuit toujours. Je sais pas pourquoi je cours, mais je cours. J'arrive au bord d'une rive à pic, que je dévale en sautant les broussailles, les épines du Christ et les joncs.

— Sarah! Attends!

Je me retourne encore et je trébuche sur des ronces.

— Merde!

Je fais la culbute et je me ramasse dans la flotte couverte de mousse.

— Merde!

Je gigote pour me dépêtrer des atocas et des herbes qui s'entortillent autour de mes cannes.

Pooh dégringole la pente.

— Tiens-toi à ma main.

Elle est juste au-dessus de moi, essoufflée, elle me tend la main.

Je l'empoigne et je la tire de toutes mes forces.

Je la regarde basculer comme une gymnaste qui fait la roue et s'étaler dans un grand plouf tout près de moi.

— Nom de Dieu! Merde!

Elle se relève et crache de la flotte verte.

J'opine en voyant qu'elle s'est pas fait mal et je sors de la mare. Mais elle m'attrape la jambe et me tire en arrière.

On roule tous les deux dans la baille. On se bat pas

174

vraiment, on se débat plutôt, on se repousse l'un l'autre pour remonter au sec.

— C'est pas ma faute tout ce qui t'est arrivé ! elle halète entre les éclaboussures.

— Mon cul ! Je serais chez moi maintenant si tu m'avais pas livré à Le Loup ! je gueule en me dégageant.

— Je sais ! elle hurle. C'est pour ça que j'ai appelé Glad !

Je continue à la repousser jusqu'à ce que ses mots fassent leur chemin dans ma tête.

— Qu'est-ce que t'as dit ?

Elle se met debout dans la flotte et balaye les mousses autour d'elle.

— J'ai dit que j'ai appelé Glad.

— T'as fait quoi ?

J'arrive pas à y croire. C'est des mots trop doux à l'oreille pour que je puisse les entendre.

— Pauvre con, t'as bousillé mon survêt neuf. Heureusement que mon jules est riche, il m'en paiera un autre.

— Te fous pas de ma gueule, Pooh !

Je me redresse et je m'aperçois que j'ai grandi depuis le temps que je l'ai pas vue. Je suis plus grand qu'elle.

— J'ai appelé Glad.

Je la vois qui penche vers la flotte, je lui attrape le bras, croyant qu'elle dérape.

— Merci, elle dit. (Elle se baissait juste pour récupérer quelque chose qui flottait sur la mousse.) Ce truc-

175

là… (Elle ramasse le collier avec l'os de raton.) C'était pas dur de deviner ce que ça voulait dire… Je savais. (Elle me le passe.) Je savais ce que ça voulait vraiment dire.

— T'as… t'as appelé Glad ?

— Écoute, j'ai essayé de persuader mon imprésario de te racheter, mais Le Loup était pas vendeur. Même pas pour un matelas de thunes. C'est une question d'orgueil. De vengeance. Je crois que c'est pour ça qu'on peut pas s'entendre, lui et moi. Il a la même tête de cochon que moi.

— Il voulait pas me vendre ?

— Non. Et mon mec lui a offert un beau paquet, je te le dis. Je sais que le fric est plus important que l'amour pour lui, mais je suppose que la vengeance compte encore plus pour son cœur brisé.

— Merde ! Qu'est-ce qu'il a dit, Glad ? je demande en lui agrippant le bras.

— Il a dit qu'il te cherchait, *Cherry Vanilla*. (Elle se marre en prononçant mon ancien nom du Doves.) Il a entendu des tas de rumeurs, mais il a jamais pu retrouver ta trace. Il a dit que la vérité était encore plus dingue que les rumeurs.

— Il a parlé de Sarah ?

— Je viens te répéter tout ce qu'il a dit sur toi.

— Non, ma mère. Sarah, c'est ma mère.

— Ta mère s'appelle Sarah ? Vingt dieux, je choisirais jamais le nom de ma vieille si je voulais me faire passer pour une sainte !

— Je voulais pas... ça s'est fait tout seul, je réponds en laissant tomber mes bras, exaspéré. Qu'est-ce qu'il a dit sur elle ?

Elle secoue la tête.

— Rien. Il a rien dit sur elle. Mais il connaît Le Loup. Et tu vas voir que je suis bonne fille, au total. Une chance pour toi que j'aie pas dit à Le Loup que t'étais de la bande à Glad. En fermant ma gueule, j'ai sauvé ta peau, mon petit gars. Parce que je te jure qu'ils sont pas copains, tous les deux !

J'acquiesce, impatient d'en entendre plus.

— Il sait que ça sert à rien d'essayer de te racheter, alors il va envoyer un camion.

— Il va me sauver ? je dis, tout excité, en lui tapant sur le bras.

— M'étonnerait qu'il vient lui-même. Il dit qu'il traversera jamais les Cheats. Mais il envoie quelqu'un.

— Quand ? Qu'est-ce que je dois faire ? Comment je dois préparer le coup ?

Je la saisis par les deux bras.

— Calmos. (Elle me repousse.) Tout ce qu'il a dit, c'est : tu bouges pas. Tu te tiens à carreau, c'est ce qu'il a dit. C'est tout. Il a pas dit qui, quoi, quand, où, comment, que dalle. Tu bouges pas ! Maintenant faut que je me refringue et que je me taille avant que Le Loup change d'idée sur l'accord.

On sort de la mare et on remonte sur la rive.

— Excuse pour tes sapes, Pooh, je dis en essayant de la nettoyer un peu.

— Laisse tomber. Mais t'as intérêt à te changer aussi. Si Stacey croit que t'as essayé de te barrer, tu le sentiras passer.

— Ouais, tu m'étonnes.

Pooh recule d'un pas et me mate de haut en bas.

— Eh ben, parole, t'as plus rien de Shirley Temple.

— Et toi, t'as plus rien d'une radeuse, je dis en la matant pareil.

On se tait une minute pour se regarder l'un l'autre.

— Je viendrai te voir chez Glad quand je serai installée à Hollywood.

— Je viendrai te voir aussi ! je menace en rigolant. Tu me feras jouer dans tes films !

Elle me tend la main, je la prends et on se serre dans nos bras.

— Fais gaffe, si t'as dans l'idée de me peloter, faudra payer, elle chuchote dans mon oreille.

— J'ai plus aucune idée, je murmure.

On reste collés l'un contre l'autre un instant, à écouter les rythmes croisés de nos respirations.

On se sépare lentement.

— J'aurais voulu voir la tronche de Lymon ! elle se marre.

— Je dirais pas que ça valait le coup, mais c'était quelque chose.

— En tout cas, t'as dû l'allumer à fond, parce qu'il est de nouveau au pénitencier.

— Pourquoi ?

— Oh, il a retrouvé… comme qui dirait… l'inspiration ? Il est allé faire une virée en ville pour draguer une petite et, manque de bol, c'était la fille unique du shérif. Comme il était encore en conditionnelle, il reverra pas la lumière du jour avant Armageddon.

Je hausse les épaules. Elle hausse les épaules.

— Bon, ben, merci, Pooh.

Elle acquiesce, s'en va et dit sans se retourner :

— Le Loup t'a vraiment payé qu'avec des Barbie ?

— Juré craché.

— Ce mec est plus regardant qu'un borgne dans une boîte de strip-tease.

Elle s'éloigne.

— Toi aussi, tiens-toi à carreau, je dis.

— Ouais.

Elle me fait un signe de la main et disparaît dans les hautes herbes.

Je reprends mes vigies, je zappe sur la CB et j'ouvre l'œil dès qu'un nouveau camion pointe son capot. J'observe même le ciel nocturne et je surveille le comportement des divers mammifères, batraciens, oiseaux et reptiles du secteur, sachant que Glad peut recourir à n'importe quelle forme de magic choctaw pour m'envoyer un signe.

J'arrête de picoler et de sniffer, ce qui me fait dégueuler pendant une semaine, mais je tiens le coup.

Un mois passe. L'été approche. Les azalées sauvages, les lauriers, les lys et toutes sortes de fleurs mettent de la couleur dans le paysage. Je suis sensible aux moindres variations de la terre et de mon entourage. Même mes michetons remarquent une différence.

Je refile dans mes comptées tous les pourliches que m'allongent les chauffeurs bourrés.

— Tu frétilles comme si t'avais les arpions dans la braise et le valseur en feu, me dit Stacey en me rasant la tête.

Assis entre ses guibolles, j'acquiesce et je réprime un sourire.

Après un mois sans constater de notables présages de sauvetage, un doute s'insinue comme un ver dans mes pensées.

Peut-être que Pooh n'a pas appelé Glad.

Une fois de plus, elle m'a demandé comment Le Loup m'avait payé. Peut-être qu'elle est venue uniquement pour ça, pour savoir s'y avait vraiment pas de magot planqué quelque part.

Elle peut avoir appelé Glad mais pour lui dire que j'étais plus ici.

Plus je gamberge, plus je repasse en mémoire tout ce qu'elle a dit, plus la conclusion s'impose : elle m'a monté une embrouille.

Pourquoi Glad a pas envoyé quelqu'un tout de suite ? Bouge pas ?! Qu'est-ce que ça veut dire ? Glad aurait donné des instructions, il aurait eu un plan, une stratégie, c'est sûr. Et pourquoi il a pas parlé de Sarah ? Il aurait au moins fait une allusion, il aurait au moins dit à Pooh comment elle se faisait de la bile pour moi !

Elle m'a baladé, la salope.

Peut-être qu'elle a fait savoir à Le Loup que j'étais un ancien de Glad et, s'ils se détestent tant que ça, c'est pire que si elle m'avait tué !

Chaque jour, j'essaie de m'accrocher à mon espoir. Je m'arrange, je fais des compromis, je me dis par exemple que, si je ne détecte aucun signe de Glad aujourd'hui, ça signifiera que Pooh m'a roulé. Mais je trouve chaque jour entre cinq et vingt symboles annonciateurs de mon sauvetage.

Stacey a dû installer sa télé, sa CB et son transat dehors parce que la roulotte chauffe comme un four. Il pisse tellement la sueur que ça dégouline à travers les trous du plancher jusque par terre et ça fait une petite mare. C'est une sueur capiteuse, un mélange de sucre, de graisse fondue et de farine qui attire tous les campagnols, musaraignes, ratons, souris, écureuils, mulots, lapins et belettes qui vivent sous la roulotte. Plus efficace que le Joueur de flûte. Ils sont tous arrivés en bande, un jour, à la recherche de la source odorifère. Y a même une chauve-souris solitaire qui est venue se mêler à la curée mais, pas ragoûtée par ce qu'elle trouvait, elle s'est perchée sur le transat de Stacey et a regardé un feuilleton brésilien avec nous. Pour moi, ça faisait pas un pli, cette chauve-souris était un signal de Glad. Fallait que je me tienne prêt.

J'ai entendu dire qu'un daim à queue blanche avait monté et engrossé une gagneuse du parking central pendant qu'elle allait au restau. Paraît qu'on distingue nettement des petits sabots de daim à travers son ventre enflé. Je l'ai dit à personne, mais je sais que c'est de la magie choctaw. Glad me fait signe.

Un des sniffeurs s'est retrouvé en possession d'un pot de colle à chaussures enchanté. Il peut en renifler tant qu'il veut, le pot reste plein. J'ai dû me retenir pour pas lui expliquer qu'il devait remercier Glading Grateful ETC au lieu d'attribuer le miracle à Allah comme il croyait et de se convertir à l'Islam pour devenir un musulman pratiquant.

Mais, même avec ces preuves évidentes de ma libération imminente, je vois toujours pas Glad, ni personne du Doves, dans les parages du Three Crutches.

Après presque deux mois et des milliers de signes, de manifestations et d'indices, une flasque de 150 degrés piquée à un routier me rend ma lucidité et je me résigne finalement à l'idée que Pooh m'a raconté des bobards.

Je m'assois sur le toit des chiottes et je lève la flasque argentée à la santé de Pooh.

— Aux Barbie décapitées !

Je m'enfile une dose à faire péter le béton et je me force à avaler.

Je remets ça :

— À Sarah !

Encore quelques goulées et je m'écroule, je m'enfonce dans le cirage sous le poids écrasant de la nuit.

Je recommence à renifler des toxiques et à picoler de la raide avec la ténacité d'un rat acculé. Pour financer mes besoins croissants, je fais autant de passes que je peux et je pique autant de portefeuilles que j'ose. Stacey tolère mes détournements avec une sévérité indulgente. Chaque fois qu'un routier rapplique en gueulant que je lui ai tiré son larfeuil, Stacey se met à beugler en portugais et va récupérer l'objet du délit au fond de la roulotte. Il le rend en s'excusant platement pour le fric qui manque et propose toujours d'appeler le shérif. Les routiers déclinent systématiquement l'offre, pour des raisons qu'on peut comprendre, et repartent la queue basse avec leur portefeuille vide.

Stacey garde le pèse et me refile en échange des substances qui me font perdre le sens de ma propre respiration.

Vers la fin des moissons d'été, avant le début des convois de charbon, les affaires ralentissent. Les routiers prennent leurs vacances, refont connaissance avec leurs familles. Je peux passer des jours entiers sans grimper dans un seul bahut. Comme Stacey me fait crédit, je suis ravitaillé, mais je m'ennuie de mes michetons. Les autres garçons disent toujours qu'ils sont obligés de se défoncer pour aller au tapin et de se défoncer ensuite pour oublier. Moi, c'est le contraire, je me défonce pour tuer le temps entre deux passes. Parce que, même avec les routiers les plus craignos, ce moment de silence et d'abandon juste avant qu'ils prennent leur pied est le contact humain le plus doux qu'on puisse avoir avec n'importe qui. Je m'accroche à ces moments — la main brunie par la nicotine et le cambouis qui me caresse amoureusement la gorge, les lèvres entrouvertes par l'extase qui me baisent le front comme un père embrassant son môme dans son lit —, je me les repasse au ralenti dans ma tête comme si la scène s'était déroulée sous l'eau dans un onduleux flottement.

Quand vient l'automne, le micheton se faisant de plus en plus rare, je m'emmitoufle dans un cocon narcotique qui me soude au plumard. J'arrive plus à décoller, même quand le turbin m'appelle.

Stacey me trouve toujours au pieu.

— J'ai appelé Le Loup pour qu'il vienne te souffler dans les bronches, il me dit en épongeant sa face bouffie dans son marcel jauni et en agitant sa trique de l'autre main.

— C'est ça, je dis sans bouger de la couchette superposée où je me suis écroulé, en regardant les araignées tirer les fils multicolores de leur toile comme des cordes de harpes.

— J'en ai marre de m'abîmer les pognes en te cognant dessus, il dit, écœuré. T'es aussi inutile qu'une chiure de poule sur une manivelle. (Il casse sa trique de bouleau en deux et retourne vers son transat.) Je laisse Le Loup s'occuper de ton cas.

— C'est ça, je répète, et je pique du nez dans de la colle à papier peint.

— Il te veut ! Rien que toi ! bonnit le voleur en me secouant.

Je garde les yeux fermés et je ravale des glaires.

— Quoi ? je fais.

— Il te veut.

— Le Loup ? je dis en essayant de m'asseoir.

J'ouvre péniblement les mirettes. L'idée que Le Loup

185

me demande, même si c'est pour me broyer les os, a quelque chose de réconfortant.

— Allez, bouge ton cul.

Il me tend la main et me tire du pieu.

Je descends en flageolant sur mes quilles. Je cherche ma flasque. Je me rappelle vaguement qu'elle est vide.

— Voleur, prête-moi une goutte.

Le manque me donne envie de gerber.

— Si j'en avais, y a longtemps que je l'aurais bue. Magne-toi, merde, y a urgence.

— C'est ça, ravi de te connaître, je dis sincèrement.

Je me suis déjà fait à l'idée que Le Loup allait me tuer ou, si j'ai pas de pot, me transformer en grand invalide civil.

— Princesse! fait le voleur avec mépris.

— Oui, j'ai été une princesse.

Je retrouve l'équilibre et je décarre, ankylosé par les raclées de Stacey, le trop-plein de sommeil et un régime soutenu de toxiques.

En sortant, j'ai droit à un regard de Stacey qui, fait unique, détourne les yeux de sa téloche pour me bigler. Les rouges et les bleus pétants de l'écran illuminent les pustules de sa tronche vérolée qui suintent comme des volcans en éruption.

— Sans blague! Tu t'es enfin décidé à lever ton cul! T'en avais marre de repasser les draps?

— Où il est? je dis en cherchant des yeux la Trans Am de Le Loup.

— Par là-bas.

Il pointe le doigt vers notre parking, caché par une touffe de résineux rouges rabougris rabattus par le vent et de bouleaux jaunes tordus.

— Stacey, fais-moi crédit. (J'agrippe son bras viandu, je lui tends ma flasque vide et j'essaie de lui faire mes grands yeux virginaux jadis irrésistibles mais, à voir comment il bâille, je me doute que je dois plutôt avoir l'air con et désemparé.) M'envoie pas au taille-pipe le gosier vide !

Il me repousse et éjecte ma flasque d'un revers de main.

— Casse-toi avant que je te carre le goulot dans l'oignon.

— S'te plaît ! (Je sens ma vieille trouille refaire surface.) Je peux pas y aller sans ! S'te plaît ! Je vais dégueuler.

Il pousse un long soupir suivi d'un gaz à effet de serre.

— Va pas te plaindre après si Le Loup allonge ton ardoise ! il dit en agitant le gros trousseau de clés qu'il porte toujours au bout d'une chaîne.

Il ouvre un énorme coffre à côté de sa chaise longue, fouille dedans et en sort un cruchon en terre. Je me lèche les lèvres en le voyant remplir ma flasque, ce qui fait remonter un souvenir du fond de mes tripes : la figure de Sarah quand un barman remplissait son verre.

Il a à peine fini de verser que je porte la flasque à ma bouche.

— Eh ben, maintenant t'es plus mouillé qu'un boyau

de daim sur un levier de vitesse. Allez, casse-toi! Plus vite que ça! il dit en tendant la main vers sa trique cassée.

— Merci, Stace. Je te rembourserai dans une autre vie, je dis avec conviction.

— Tu me rembourseras plus tôt que tu crois! Casse-toi, je te dis!

Je me dirige vers la pathétique touffe d'arbres, en m'arrêtant tous les dix pas pour rectifier ma trajectoire et maintenir le cap sur le parking. En arrivant dans la clairière, j'aperçois nulle part la rutilante Trans Am noire que je m'attendais à voir. Y a qu'un camion, dans le même genre que celui où Pooh m'avait fait monter pour me livrer à Le Loup.

Je fais face à mon destin et j'avance. Le ciel est noir, sinistre, avec des traînées de nuages blancs comme des marques de dents.

Je trébuche sur une bosse de goudron, je fais un vol plané et, emporté par l'élan, je crapahute à quatre pattes comme si je rentrais chez moi en cachette.

Je m'affale. J'envisage de ne plus jamais me relever. Plus jamais bouger. Me fondre dans le goudron. Je redresse la tête pour mater le camion. Il fait ce que font tous les camions dans un parking : il stationne. J'essaie de lui trouver une particularité qui me donnerait une idée de ce que Le Loup mijote. Il a quelque chose de...

hm… lugubre, mouais, c'est ça, quelque chose d'un cor-
billard.

J'avise les bois de l'autre côté, je jauge la distance et
une petite case de mon cerveau me suggère vaguement
de piquer un sprint. Mais, même vaguement suggérée,
la notion de course à pied me fait gerber. Et je gerbe. La
moitié de ma gnôle.

Je me relève, je m'essuie la bouche et je souffle sur
mes mains endolories. Je sens comme un saignement sur
mes genoux, mais je me donne pas la peine de vérifier
les dégâts. J'imagine Le Loup m'asseyant sur une chaise
pour panser mes plaies avec de l'eau oxygénée, du mer-
curochrome et du sparadrap. Comme un condamné à
mort qu'on ravigote après une tentative de suicide pour
l'exécuter proprement le lendemain.

La vision de Le Loup posant la main sur moi, qu'elle
soit baffeuse ou baladeuse, me propulse vers le camion.

— Des coups de poing dans la gueule, je dis à haute
voix.

Je suis le premier surpris de m'entendre.

— Je veux des coups de poing dans la gueule, je
répète, les yeux fermés, en tapant le signal convenu sur
la portière du camion, comme Pooh un an auparavant.

— C'est Sam ? demande une grosse voix de routier.
J'en veux pas d'autre que Sam.

— C'est Sam.

— Alors monte, dit le routier.

Je monte. J'ouvre la porte. Il a la figure de biais, plongée dans une carte, exactement comme la dernière fois. Mais c'est pas le même mec, j'en suis sûr. Il porte aussi une casquette de base-ball en nylon, un blouson d'aviateur noir, une barbe et une moustache genre balai-brosse, mais il a quelque chose de raffiné, difficile à décrire.

— Le Loup est derrière ? je dis en désignant le rideau qui cache la partie privée de la cabine.

Le chauffeur se tourne vers moi et me regarde de travers, comme si j'avais quelque chose qui le chiffonne.

— T'es Sam ?

Je confirme en surveillant le rideau du coin de l'œil, prêt à voir Le Loup surgir de l'arrière comme une strip-teaseuse d'un gâteau d'anniversaire.

— Celui qui était une sainte ?

Je confirme encore. Je commence à avoir des doutes. Peut-être que Le Loup est pas ici. Peut-être que ce mec va me conduire jusqu'à lui, dans un autre coin où les cadavres sont plus faciles à planquer.

— Bon, on commence ? je dis. On va pas passer le réveillon ici.

Je mate ses gants de manœuvre en grosse toile.

— Ouais. On peut commencer... (Il secoue la tête.) T'as pas reçu une bonne formation. Tu peux pas être Sam.

— Tu rigoles ! Un peu que j'ai reçu une formation ! La meilleure !

— Excuse-moi, mais ton accroche était pas très sti-

190

mulante. « Bon, on commence ? » pour reprendre tes propres termes, c'est franchement nul comme entrée en matière.

— Oh, pardon, faut que je t'encule d'abord ?

— Non, vraiment, je ne pense pas que tu sois Sam, il insiste en secouant la tête.

— Je te dis que je suis Sam, putain ! Écoute, je commence déjà à dessoûler et je préférerais qu'on en finisse avant. Alors, on y va, oui ou merde ?

— Oui, oui, oui… (il croise les jambes d'une manière très peu camionneur) dès que je serai sûr que t'es le bon. T'es le quatrième qu'ils m'envoient et je précise chaque fois que je veux Sam. Je suis pas persuadé d'avoir enfin Sam. (Il incline la tête d'un côté puis de l'autre pour essayer de me voir sous différents angles.) Ils m'ont dit que Sam était indisposé.

— Puisque je te dis que c'est moi ! je hurle avec une sourde envie de chialer.

Le chauffeur opine, plisse les yeux et frotte son menton broussailleux.

— D'accord…, il dit comme un type qui regarde un tableau abstrait et commence enfin à comprendre. Dis-moi, tes cheveux ont changé ?

— Mes cheveux ?

Je les touche distraitement, ce que j'évite de faire généralement parce que je me suis jamais habitué à la sensation râpeuse qui a remplacé leur douceur duveteuse. Ce mec est sûrement un routier que j'ai béni autrefois. C'est marrant, j'ai michetonné pas mal de mes anciens dévots depuis le temps, mais jamais aucun ne m'a reconnu.

— J'avais des longues boucles dorées, je soupire. Ouais, c'était moi. Sainte Sarah.

— Sainte Sarah? il se marre. Sainte Sarah?!

— Tu vas m'emmener voir Le Loup maintenant ou quoi?

— Tu veux que je t'emmène voir Le Loup?

— Emmène-moi où tu veux, j'en ai rien à foutre. (Je m'assois sur le plancher en métal, incapable de tenir debout plus longtemps. Je me mets à chialer.) Rien à foutre.

— Et si on te ramenait au bercail, plutôt? dit une autre voix.

Je lève les yeux et je vois Pie, du Doves, sapé en geisha japonaise, panoplie complète, qui tient le rideau ouvert.

Ouh, putain, ça va pas, je me dis, qu'est-ce qu'il m'a fait boire, Stacey?

— T'as l'air sûr de toi, Pie, hum? dit le chauffeur, dont la voix, comme une balle au rebond, remonte brusquement du grave rauque à l'aigu chantant.

— Tout à fait sûr, répond l'apparition de Pie, mais je comprends maintenant que t'aies eu un doute.

— Alors, ça marche, plus besoin de ces foutaises, dit le chauffeur avec des inflexions féminines en retirant les poils de sa figure.

— Je me sens pas bien, je dis en baissant la tête entre mes jambes.

Quand je me redresse, je vois le chauffeur enlever sa casquette et libérer un flot de luxuriants cheveux miel.

— Oh, merde, je marmonne entre deux hoquets en regardant le mec se transformer en Sundae.

— Oui, bon, ça va, je sais que je dois être affreuse, dit le mirage, mais pas autant que toi. T'as l'air d'un trou de balle cousu avec du fil barbelé.

— Chéri, essaie de ne pas vomir ici, dit le fantôme de Pie. C'est un camion emprunté. Et je sais qu'on nous pardonnera d'y laisser une odeur de femme, mais pas de dégueulis. (J'entends sa robe froufrouter.) Dieu du ciel! elle dit en s'approchant. J'arrive pas à croire que c'est toi. Cherry? (Elle me tapote l'épaule.) Cherry Vanilla?

Je lève lentement la tête et je bigle Pie.

— Je… j'hallucine ou…

— Oh, baby! dit Pie en s'accroupissant à côté de moi. Oh, baby! Qu'est-ce qu'ils t'ont fait? Qu'est-ce que ce monstre de Le Loup t'a fait?

— Qu'est-ce qu'il t'a fait, ce monstre?! reprend Sundae, comme si j'avais pas compris.

Elle retire ses gants d'ouvrier pour dénuder ses mains gracieuses et parfaitement manucurées.

Je m'accroche à Pie comme un bébé singe à sa mère et enfouis ma figure dans les précieux plis de son kimono parfumé à la mandarine.

— Je sais, je sais…, elle dit en me caressant les cheveux.

Depuis que Le Loup les a coupés, j'ai permis à personne de les toucher. Je me suis fait cogner plus d'une fois par les michetons et Stacey parce que je tapais sur les mains du premier blaireau qui s'avisait de m'appuyer sur la tête.

— Ils ont qu'à me tenir les oreilles comme les anses d'une soupière s'ils veulent, mais ils toucheront pas à mes tifs ! j'expliquais à Stacey après chaque plainte.

À la longue, j'ai appris à écarter leurs mains en douceur pour les rediriger gentiment vers ma nuque.

Je laisse Pie me caresser les cheveux, je laisse ses doigts sensibles palper et masser les cicatrices gravées par le coupe-chou de Le Loup.

J'ai dû pleurer assez longtemps parce que, quand je sors enfin la tête du kimono de Pie, il y a une longue tache sombre qui fait ventouse comme une serviette mouillée.

— Tes pauvres mimines, dit Pie en examinant mes paumes écorchées. On s'occupera de ça quand on aura pris du champ.

— Ouais, s'agit pas de moisir ici, dit Sundae.

Elle a retiré son gros jean Ben Davis, son blouson et ses bottes pour se retrouver dans sa tenue habituelle de pom-pom girl, mais pas trop voyante, un uniforme plus fonctionnel, plus adapté à une évasion.

— On t'a loué pour quatre-vingt-dix minutes à ce

petit homme agressif. (Pie prend un air dégoûté.) Et l'heure tourne.

— Je t'avais dit qu'on aurait dû payer plus, fait Sundae en se repositionnant sur le siège du conducteur. Ça nous aurait pas ruinées ! Te vexe pas, Cherry, mais ils te vendent à un prix très inférieur au marché.

— Comment vous avez trouvé où j'étais ? C'est Pooh qui vous a appelé ?

— Mouais, je crois que c'est le nom qu'a employé Glad, dit Sundae en vérifiant encore la carte puis en la repliant avec élégance en rectangle.

— Pourquoi vous avez mis si longtemps ? je dis en me frottant les yeux pour être sûr que je rêve pas.

— Glad voulait attendre que Le Loup soit absent, dit Pie.

Sundae remet sa casquette, mais sans rentrer ses cheveux.

— Glad dit qu'on peut facilement se débarrasser d'une bande de ploucs montagnards, mais il voulait envoyer personne affronter Le Loup.

— Heureusement, on n'aura personne à affronter si tout va bien, dit Pie en me faisant signe de m'aplatir sur le plancher entre elles. On va se tirer d'ici en douceur comme une coccinelle sur une feuille de thé.

— Alors, Le Loup est parti ?

— Ouaip !

Sundae attrape une paire de hauts talons sous son siège et les enfile en disant :

195

— Des chaussures idéales pour la conduite. Allez, en route. (Elle passe quelques vitesses.) C'est Norm qui nous a prêté ce bahut et il a branché la CB pour qu'on puisse voyager aussi tranquillement qu'une… (elle fait un clin d'œil à Pie) coccinelle sur une feuille de thé.

Pie approuve.

J'attends que les phares s'allument, que le camion se mette à tousser de l'air comprimé ou à s'ébrouer avec ce chuintement caractéristique des poids lourds au démarrage comme un géant qui se réveille d'un sommeil agité, mais non, rien du tout, on roule dans un silence complet. Je suis sidéré.

— Glad a fait rajouter des amortisseurs spéciaux et un silencieux, murmure Sundae.

Je regarde par le pare-brise et je vois qu'on fonce droit dans un bosquet.

— Oups, glousse Sundae, évitant le choc de justesse d'un léger coup de frein. Glad a fait faire un relevé du terrain. Il savait qu'on aurait besoin de ces trucs-là. (Elle sort de la boîte à gants une paire de grosses lunettes épaisses comme des briques.) Glad les a empruntées à un de nos clients de la brigade des stups. (Elle les met.) Lunettes à vision nocturne… (Elle les règle.) Oh, maintenant je vois tout.

Et elle redémarre.

Je m'agrippe au siège pendant que Sundae slalome entre les arbres et les broussailles. Je retiens mon souffle. On s'engage, sans bruit, dans la petite route défoncée reliée à l'autoroute. Par la fenêtre, je vois Stacey qui se goberge devant les bonnes blagues d'une sitcom.

— Putain! Ça marche!

— Bien sûr que ça marche. Glad a tout prévu. Tu veux boire quelque chose? dit Pie.

— Putain ouais!

Je tâte mes poches à la recherche de ma flasque. Pas moyen de mettre la main dessus. Tout ce que je trouve, c'est mon os de raton dans ma poche arrière. Je le jette par terre, je me fouille encore et je panique. À tous les coups, elle est tombée de ma poche quand je me suis rétamé. Je suis à deux doigts de leur demander de s'arrêter pour que j'aille la récupérer.

— Putain!

— Quel vocabulaire! T'as attrapé une langue de balai de chiotte, soupire Pie en levant un thermos argenté.

Elle dévisse lentement le gobelet-couvercle et je vois soudain la vie en rose.

— T'es devenu un vrai...

Sundae achève pour elle :

— Mec. Oh, excuse-moi, elle rectifie. Faut pas te frapper, je disais pas ça pour te vexer.

Pooh verse un liquide mordoré, genre grog au bourbon, dans le gobelet.

— Je sais, je dis. Mais ça va s'arranger, maintenant, puisque je rentre, tout va redevenir comme avant.

— Bien sûr, mon petit, dit Sundae avec une bienveillance exagérée. Regarde, regarde là-devant...

197

Je regarde. Je vois les lampadaires au fluor de la nationale qui rougeoient.

— Vingt dieux, je veux rentrer à la maison. (J'avale une gorgée du gobelet et je manque m'étouffer.) Oh, c'est quoi, ce truc ? je dis en m'essuyant la bouche.

— Une infusion de prunes. Fabrication maison, dit Pie, d'abord intriguée, puis blessée. Je l'ai faite spécialement pour toi. C'est excellent pour la digestion et j'ai pensé que t'avais pas dû très bien manger. On est dans le pays des oignons musqués, après tout.

— Ah, pour ça, ouais, j'ai salement regretté la tortore de Bolly.

— Y a eu un article sur lui dans le magazine *Gourmet* dernièrement. Depuis, faut réserver sa table au Doves. Mais, bien sûr, les gagneuses de Glad peuvent venir à tout moment et les réservations par CB sont prioritaires, explique Pie.

— T'as rien d'autre à boire ?

— Comme du whisky, par exemple ? Il me semblait bien que tu sentais la gnôle.

— Tu parles, j'ai flairé ça même avant qu'il monte, dit Sundae, rigolarde. Nan, on n'a pas ça en magasin. Rien que de la tisane et des biscuits.

— Tu veux un biscuit ? demande Pie en tendant la main vers une boîte en fer-blanc à ses pieds.

Je fais non. Je veux de la raide. Faut que je boive un coup pour prononcer les mots que j'ai sur la langue depuis que j'ai compris que j'hallucinais pas.

Je m'éclaircis la gorge.

— Et Sarah, comment elle va ? Comment va ma mère ?

— Regarde, regarde ! (Sundae sautille sur son siège.) On a réussi !

Les lumières de l'autoroute scintillent au-dessus de nous comme un alignement d'auréoles. Elle saute encore sur son siège et, dans le mouvement, casse le talon de dix centimètres de sa sandale, ce qui dévie son pied. Résultat, elle enfonce la pédale des gaz et s'écrase contre le klaxon.

De tous les accessoires de ce camion, le klaxon était le seul qui soit pas équipé d'un silencieux. Il s'est mis à brailler comme vingt cors de chasse. Tout le bahut vibrait.

— Je suis coincée ! gueule Sundae par-dessus le boucan. Je peux pas dégager mon bras !

Pie se précipite pour extirper le bras de Sundae qui s'est emmêlé dans le volant comme dans un abat-jour en macramé. Debout côte à côte, elles tirent dessus ensemble, tirent, tirent jusqu'à ce qu'elles basculent en arrière.

Le bras de Sundae est dégagé.

Quand le klaxon se tait, le silence est assourdissant.

— Foutons le camp en vitesse, dit Sundae.

Je suis pas surpris d'entendre mugir la sirène antiraid au loin. En fait, j'attendais ça depuis le début. Je m'en veux d'avoir été assez jobard pour croire que j'allais vraiment pouvoir rentrer chez moi.

Je mate Pie et Sundae. La sirène qui s'engouffre dans le camion comme un coup de grisou les fait hurler de panique. Elles sont méconnaissables : finis les gestes souples et mesurés, finies les poses délicates, place à l'hystérie, c'est l'affolement, la débandade.

— Au moins, on a une bonne avance sur eux, gueule Sundae comme si le klaxon braillait encore.

Le bahut rugit dans les virages serrés et projette des cailloux dans son sillage à chaque dérapage sur l'asphalte.

— Plus que quelques mètres ! dit Sundae comme une pom-pom girl voyant son équipe s'approcher de la ligne de but.

— Je pensais qu'ils mettraient plus longtemps à nous rattraper, dit Pie, retrouvant son calme, après avoir jeté un œil dans le rétroviseur.

— Peut-être que tu devrais t'arrêter et me laisser descendre, je dis.

J'ai une idée fixe : récupérer ma flasque restée derrière. Je suis incapable de penser à autre chose.

— Mon cul ! répond Sundae d'une voix beaucoup plus masculine tout à coup. J'ai un micheton qui m'attend.

— Passe-moi cette CB! dit Pie, en vrai macho, en raflant le micro avec une poigne dont je l'aurais jamais cru capable.

En les regardant s'agiter, j'ai l'impression d'assister à une métamorphose à l'envers, de voir deux papillons se faire ravaler dans leur cocon pour redevenir chenilles. Je me penche pour lorgner dans le rétro latéral et je distingue un pick-up rouge derrière nous, avec Stacey, un fusil dans les pattes, qui sort la tête par la fenêtre, la gueule ouverte et les bajoues boursouflées comme un chien hurlant au vent.

— Ils nous foncent dessus, je dis en essayant de maîtriser ma trouille.

Je regarde encore et je vois un autre pick-up juste derrière. Je me rappelle avoir entendu Stacey nous prévenir que Le Loup offrait une prime de mille dollars pour la capture vivante de toute gagneuse en cavale. Et je me rappelle aussi l'avoir entendu expliquer qu'il avait réinvesti une bonne partie de ses primes dans la mécanique, pour gonfler le moulin de son 4×4 et s'assurer d'autres captures.

— On n'a aucune chance! je dis.

— Fais pas le gamin, râle Sundae en flirtant avec le ravin dans l'ascension du mont Cheat.

— Appelle 1-9, appelle 1-9, bonnit Pie dans le micro.

— Vas-y, j'écoute, répond une voix désincarnée dans la CB.

— Ici Asia Cakes. Ninah Waya, t'as tes écouteurs?

— Je suis là, quelle est ta position ? crépite une autre voix masculine.

— J'arrive en vue du col, avec un peloton de blaireaux au cul.

— Ouais, reçu.

— Merde ! je crie en voyant le 4×4 de Stacey nous doubler à droite.

— On a le pied au plancher et Blaireau nous broute le pare-chocs.

— Reçu, dit encore la voix désincarnée.

— Il a un fusil ! je gueule.

Juste à côté du camion, Stacey se démène pour essayer de braquer son tromblon sur nous.

— Blaireau fait l'ouverture de la chasse, dit Pie dans la CB.

— T'inquiète, il osera jamais se servir d'un fusil sur la nationale, dit Sundae en travaillant du volant dans un virage de toute la force de ses petits muscles.

— J'ai paumé ma flasque, je dis aussi calmement que possible. Peut-être que je pourrais descendre les rejoindre pour récupérer ma flasque et vous reviendrez me chercher plus tard.

La figure d'habitude si douce de Pie se contracte pour se figer dans la stupeur d'abord, puis dans le chagrin, l'inquiétude et la franche déception. Je me sens tellement minable que je dois faire un effort pour pas vomir.

Une pétarade du tonnerre nous éclate les tympans comme une rafale de M-80.

— Il tire sur nos pneus, dit négligemment Sundae, ce que je trouve non seulement vulgaire mais contraire aux usages de la route.

Elle braque à droite et claque notre camion contre le pick-up de Stacey.

— Euh, Ninah Waya, nous avons un problème. Blaireau fait des exercices de tir sur nos patins, au mépris de toute courtoisie, et maintenant on joue aux autos tamponneuses.

Je regarde la caisse de Stacey qui zigzague, et ça sent le caoutchouc brûlé.

— Reçu, Asia Cakes. La route est droite à partir du kilomètre 43 jusqu'à ton point de chute et le poulailler est nettoyé. À toi.

— Ouais, reçu.

Un coup de feu pète tout près de nous et j'entends un grand pfuit! Le bahut dérape et frôle la rocaille du bas-côté.

— Blaireau nous mord les chevilles. On a crevé mais on lui fait visiter le décor, dit Pie dans le micro.

— Reçu, quelle est votre position?

— On approche de Pearly Gate. Va falloir jouer en souplesse pour pas rater le pont.

Suis la ligne jaune et serre les fesses.

Pie raccroche la CB et se met debout en gardant l'équilibre malgré le tangage. Elle soulève gracieusement son kimono, dévoilant une exquise culotte de soie noire brodée de dragons cracheurs de feu.

Un autre coup de fusil résonne.

— Ce type est si affreux, dit Sundae avec un regard en biais vers Stacey, qu'il ferait peur à un manche de pioche. (Elle racle de nouveau la tôle du 4×4.) Pie, qu'est-ce que tu fais ? Je sais que tu peux pas résister à un homme entreprenant, mais c'est pas le moment !

Pie rigole en douce et plonge dans sa culotte pour fourrager entre ses jambes.

— J'aime garder mes petites affaires au chaud, elle m'explique, mais je suis prête à les déballer en cas de nécessité.

Elle sort un miniflingue, puis fouille dans son kimono et dégote un chargeur, qu'elle enclenche illico dans la crosse.

Elle referme son kimono et, sans faire ni une ni deux, se penche par la fenêtre pour envoyer la purée. J'entends des pneus qui crissent.

Elle replonge dans sa culotte, sort un autre chargeur et balance une deuxième volée de balles.

— Bon, maintenant ces deux charrettes roulent sur les jantes, elle annonce en leur faisant au revoir de la main.

Je me démanche le cou et je vois le chauffeur de Stacey qui se démène pour contrôler sa bagnole avec les deux pneus avant éclatés.

— Je michetonne un samouraï qui se sert d'un mini Glock 45. Il dit que les épées sont dépassées. Il a même équipé celui-ci d'un viseur nocturne spécialement pour moi, dit Pie par-dessus son épaule. Mon Dieu, j'adore voir cet homme tirer son coup, elle soupire et décharge quelques dragées supplémentaires.

— Pie, on approche. Pearly Gate, c'est ici que ça passe ou que ça casse, dit Sundae d'une voix étouffée.

Pie rengaine son pétard et, pour la première fois, semble soucieuse. Je me hausse sur le siège et j'aperçois le pont de la Cheat devant nous.

— Prêtes ? demande Sundae avant d'aborder la grande structure métallique, en ralentissant comme un taureau avant de charger.

On fait oui de la tête, on se remplit les poumons d'air, tous les trois, et on retient son souffle, les joues enflées comme des écureuils bourrés de noisettes. On approche prudemment du pont.

La rivière Cheat a une sale réputation. Y a des tas de routiers qui ont jamais pu la traverser.

Certains disent que c'est les fantômes des pionniers qui se vengent, tous ces gars de jadis qui se sont pointés en chariots et ont franchi, pas méfiants, une rivière qu'ils croyaient tranquille et qui s'est soulevée d'un seul coup pour leur voler leur avenir en les avalant dans ses flots colériques.

— Si vous vous imaginez que tous les colons noyés et tous les Indiens morts pendant la construction de ce pont roupillent en paix et vous laisseront traverser les doigts dans le pif, vous croyez au père Noël, disait Glad à ses gagneuses qui projetaient une virée au-delà de la

205

Cheat. C'est pas les témoignages qui manquent. C'est connu qu'y a des bahuts qui, sans aucune raison, ont brusquement basculé en arrivant au milieu du pont. Ils peuvent rehausser les parapets autant qu'ils veulent, renforcer les antidérapants, rabaisser la vitesse limite, rien à faire, si les morts de la Cheat veulent de la compagnie, tu leur résistes pas.

Tu retiens ta respiration et t'y vas, en espérant que les morts te laisseront passer en ami. J'ai entendu dire que les routiers obligés de faire la traversée régulièrement ont développé une capacité pulmonaire faramineuse, digne du grand Houdini.

Je regarde en bas et je vois la Cheat en dessous de nous, les flots qui se roulent les uns sur les autres, l'écume qui gicle comme des tentacules de calamar.

Le camion vibre sur les jointures métalliques du tablier et je commence à avoir du mal à retenir mon souffle à cause du hoquet.

Je regarde derrière. Le pick-up vient de s'arrêter à l'entrée du pont et je vois la trogne de Stacey enfler comme une cornemuse : il fait le plein d'air lui aussi.

Je m'agrippe de toutes mes forces au dos du siège et je m'abandonne aux vibrations du pont. J'entends plus rien d'autre, je sens plus mon corps.

Pie et Sundae sont pas bavardes non plus. La figure

toute rouge, elles sont bien décidées à atteindre l'autre rive sans nouvel apport d'oxygène.

Je renfonce mes yeux dans ma tête et je résiste au ferraillement de nos roues sur le pont, au rugissement du torrent en dessous de nous et à la ruse des morts qui appellent leurs mamans, leurs papas, leurs bébés perdus d'une voix tellement désespérée qu'on se sent poussé à ouvrir la bouche avec horreur.

Je vois le visage de Sarah, tel que je l'ai bercé une fois quand elle avait arrêté de respirer, l'aiguille encore plantée dans son bras qui fuyait comme un stylo à encre rouge. J'ai retenu mon souffle quand les secouristes l'ont besognée jusqu'à ce qu'elle se relève en sursaut comme une jeune pousse sortant de terre dans un documentaire en accéléré sur la nature. Elle m'a regardé, les yeux dilatés par les secrets de la mort, et a dit :

— Je suis revenue pour toi.

Elle a plus jamais prononcé ces mots-là, mais elle est quand même toujours revenue pour moi, pour me réclamer, comme on réclame un foulard oublié dans un vestiaire, dans les différents foyers et orphelinats où elle m'avait abandonné chaque fois qu'un nouveau mariage, qui avait paru prometteur, avait fini par virer à l'aigre comme le fruit du sumac vénéneux. Dans ma tête je rassure les morts, tout ce que je demande, c'est d'avoir assez d'air dans mes poumons pour retrouver ma mère.

J'ouvre les yeux et je vois les turbans ivoire des glaïeuls d'eau se balancer au bout du pont comme une troupe de moines vaincus qui abaisseraient leurs capuches en guise de drapeaux blancs.

— Pourquoi tu reviens toujours me chercher ? je lui ai demandé une fois pendant qu'elle était affalée sur le pieu, complètement bourrée.

Elle a lentement tourné la tête vers moi, a passé un bras derrière ma nuque et m'a attiré contre elle comme pour rafler des jetons gagnés au poker.

— On a tous besoin de quelqu'un pour savoir qui on est vraiment, elle a dit en se marrant et en guidant ma tête vers l'oreiller à côté d'elle.

Les corolles blanches des glaïeuls grossissent, grossissent, mais j'ai les poumons en feu, je tiens plus.

— Je sais qui vous êtes, je dis en étouffant.

Et je me laisse entraîner vers le fond par les morts qui s'ennuient.

— On a traversé la Cheat, dit Pie en appuyant ma tête sur ses genoux.

Je me secoue. On est toujours dans le camion, et le camion roule toujours.

— Tu vas bien ? elle demande en me caressant le front du bout des doigts. T'es tombé dans les pommes. On aurait pas dû te laisser retenir ta respiration.

— Stacey est tombé dans la Cheat ? je dis.

— Ce serait trop beau, fait Sundae en rigolant, il

roule sur ses essieux, mais il nous file toujours le train !
N'importe, on est presque arrivés, regarde !

Elle pointe le doigt en avant.

Pie lève la main en signe de victoire mais, au lieu de
l'enseigne au néon rose du Doves, je vois des flèches digi-
tales jaunes. C'est une station de pesage. Arrêt obliga-
toire pour tous les camions. Comme on approche, des
feux orange clignotants nous informent que la station est
fermée.

— C'est fermé, je dis à Sundae.

Je l'ai un peu mauvaise, vu qu'elle m'avait promis de
me ramener chez nous. Elle ralentit et entre dans la station. Je pige pas.

— Ils vont nous suivre, je dis en montrant les
bagnoles des poursuivants dans le rétro.

— J'espère bien, répond Sundae en souriant.

On traverse lentement le parking vide.

J'entends Stacey tirer des coups de feu en l'air, mais
juste pour le principe, parce qu'ils sont trop loin pour
nous atteindre.

Sundae se fend la pêche :

— Biscoco haricot, elle dit en se garant sur un empla-
cement éclairé au fluor. Quelle partie de rigolade, quand
même !

Elle ouvre la portière pour Pie.

— Vous allez me livrer ? je dis, presque soulagé, tellement j'angoisse à l'idée de me taper tout le trajet jusqu'au Doves avec le gosier sec.

— Suis-moi.

Pie me fait signe de lui donner la main. Je la lui tends et je m'aperçois, pas surpris, que j'ai le bras qui flageole.

— Oh la, c'est pas seulement la pétoche, ça, dit Sundae en voyant ma tremblote.

J'entends un flap-flap en arrière-plan : probablement Stacey et compagnie qui rappliquent sur leurs pneus à plat. Je descends du camion et j'enquille derrière Pie dans la pénombre glauque de la station fermée. Je vois pas d'autres véhicules dans les parages, à part ceux de Stacey, qui se dirigent droit sur nous. On marche à découvert dans le parking désert. Je serre les mains de Pie et je sens la tremblote se répandre dans tout mon corps.

— Stacey va nous crever comme des melons sur une clôture, je marmonne.

— Bien sûr, chéri, bien sûr.

La bagnole de Stacey se rapproche.

— Excusez-moi, m'dame ! il crie en marche.

— Oui ? dit Pie en se tournant face au 4×4 qui arrive sur nous.

J'essaie vaguement de m'abriter derrière Pie. Le gros rire de Stacey se réverbère dans la station. Les bagnoles avancent jusqu'à notre hauteur.

Stacey et son équipier, un pompiste du Three Crutches, sortent de leur bahut.

— Salut, je fais à Stacey avec un timide signe de la main.

Comme un chien qui salive et se lèche les babines en entendant l'ouvre-boîtes, j'ai le gosier qui se resserre et les narines qui se dilatent en entendant cliqueter le trousseau de clés de Stacey.

Il nous mate, les yeux ronds, sidéré.

— Excusez-moi de vous déranger, m'dame, il dit avec un sarcasme à peine voilé, mais je crois que vous avez quelque chose qui m'appartient.

Il me désigne de la tête. L'autre bagnole vient se ranger à côté de la sienne.

— Quoi, ce vilain petit garnement ? dit Pie en levant ma main comme une mère apprenant que son enfant s'est mal conduit en classe.

Le pompiste tient fermement le fusil, le doigt sur la détente.

— Le chauffeur est dans le camion ? J'aimerais lui dire un mot, fait Stacey sur un ton de proviseur.

— Oh, oui, je pense qu'il y est toujours, répond Pie.

Stacey regarde son copain, incrédule, et commence à se marrer. Pie se marre aussi, ce qui refroidit Stacey aussi sec.

— C'est quoi, c't'embrouille ? il fait, glacial. (Ses bajoues gondolent encore, mais il rigole plus du tout.) Faut qu'on m'explique, j'ai dû rater un épisode. Quelqu'un m'enlève un de mes gars, je suis forcé de donner la chasse en pleine nuit, on me crève mes pneus et me v'là maintenant en train d'échanger des politesses avec une geisha orientale comme si on se préparait tous pour un pique-nique. *Voce e um maluco e tambem um sete um!*

Et il suce ses dents comme la méchante du feuilleton portugais. Bizarrement, je ressens une pointe de fierté devant ce déploiement d'ironie, parce que l'humour est pas son fort, d'habitude. Ses cassettes de portugais auront servi à quelque chose, finalement.

— Je regrette pour vos pneus, mais... maintenant que vous m'y faites penser, n'est-ce pas vous qui avez tiré le premier ? demande Pie comme si l'idée venait de lui traverser l'esprit.

— Je sais pas d'où tu sors, ma cocotte, mais à partir de tout de suite t'es la propriété de Le Loup du Three Crutches. Et, si personnellement je suis pas du genre à cogner sur les greluches, Le Loup a pas ces scrupules, alors je te conseille de la mettre en veilleuse dès maintenant.

Pie incline la tête en geisha soumise.

— Bon, allons voir ce chauffeur, reprend Stacey.

Le pompiste nous colle sa pétoire dans les côtes pour nous pousser vers le camion.

On marche en silence. À part le souffle de la brise qui balaie les ordures et le carapatage des rongeurs qui courent après, on n'entend que le claquement des bottes et le bruit feutré des mules de geisha. Le ciel est trop voilé pour qu'on distingue les étoiles.

Je veux faire un geste pour m'excuser auprès de Pie, mais je suis paralysé par un terrible sentiment de culpabilité. Je suis responsable de sa capture et, par ma faute, Sundae et elles vont sûrement connaître le même destin tordu que le mien.

Je prends la décision stoïque de supporter la nausée qui m'envahit et de faire tout mon possible pour protéger Pie et Sundae. Je tiraille légèrement la main de Pie pour lui envoyer un signal rassurant. Elle se goure et serre la mienne, croyant que j'essaie de me calter.

On arrive devant la portière du camion. Stacey fait un pas de côté. Le pompiste lève son fusil.

— Toque, ordonne Stacey à Pie.

Pie fait sa petite courbette et frappe à la porte.

Pas de réponse. Je me demande si Sundae s'est fait la belle.

Stacey fait signe à Pie de frapper encore. Elle obéit. Toujours pas de réponse.

— Essaie la poignée.

— À votre service, monsieur, dit Pie.

Elle ouvre la portière.

Y a un chauffeur derrière le volant, le dos tourné. Sur le moment, je crois que c'est Sundae, mais elle a changé de carrure, le blouson est trop juste aux épaules. Je me rends compte que c'est pas elle.

Lève les mains et je ... nos armes, dit Stacey, récitant la formule qu'il a entendue dans toutes ses séries policières.

— Tu sais bien que je ferai jamais ça, répond une voix familière.

213

J'ai le palpitant qui rétrécit. Ça doit être Le Loup qui fait une farce.

— Je vais t'ouvrir une lucarne dans la tête si tu fais pas ce que je dis, s'énerve Stacey.

— Te gêne pas, dit la voix.

— Je déconne pas, je vais t'éclater la tronche !

— Stacey, je te laisse tirer en premier. Ensuite, c'est mon tour.

Le chauffeur se retourne et se lève. Il me faut un petit temps de réaction pour reconnaître Glad, debout devant nous, avec son énorme os de raton pendu fièrement à son cou entre ses deux pochons de cuir.

— Glad ? dit Stacey. Glad ? il répète en abaissant le fusil du pompiste.

— Cette affaire me concerne personnellement, Stacey. Je voulais que ça se passe paisiblement, mais t'as donné la charge, alors j'ai dû m'en mêler. Comment tu veux qu'on règle ça, Stacey ?

— Glad, je… je fais que récupérer un gars de Le Loup. (Apparemment, le nom de Le Loup lui redonne du mordant.) Faut que je le ramène. En quoi ça te regarde ? il demande, regonflé.

— Il est à moi, Stacey. Et tu sais ce que je fais à ceux qui cherchent des crosses à un des miens…

— Il est à toi ? Ce petit con ? il dit en me montrant du doigt. Tu t'es donné tout ce mal pour récupérer *ça* ?

Glad acquiesce solennellement sans me regarder.

— Il est à toi. Ça fera sûrement pas plaisir à Le Loup, mais si tu dis qu'il est à toi, alors…

— Content de te revoir, Stacey.

— Moi aussi, moi aussi, dit Stacey sans conviction. Bon, ben… (Il se tourne vers ses hommes, qui ont pas l'air de piger.) On fait demi-tour, les gars… J'aurais jamais cru que tu tenais à ce minable. L'a pas plus de valeur que des nibards sur un sanglier.

Il rameute sa troupe.

Glad les regarde se replier et attend que le convoi de Stacey ait disparu sur la nationale avant de se tourner vers moi. Il me reluque de haut en bas et de bas en haut, puis hoche tristement la tête.

— Je voulais un os plus gros, je dis d'une voix mal assurée.

Il opine.

— T'as gagné.

Je fais non.

— J'ai besoin de boire un coup, je dis timidement.

Il opine encore.

— Va falloir que tu te mettes au régime sec.

Je fais oui.

— Je voulais être une vraie gagneuse, comme Sarah. C'est réussi.

Il se baisse pour me soulever dans ses bras et je m'évanouis.

Je me rappelle pratiquement pas le voyage jusqu'au Doves. Je me rappelle seulement avoir demandé à boire à Pie et avoir chaque fois recraché une gorgée d'infusion de prunes.

Mais j'ai un souvenir très net de l'histoire de Stacey. Je l'ai davantage vue qu'entendue, en fait, parce que, dans mon état à moitié hallucinatoire, le récit de Glad était comme un film.

Stacey avait travaillé au Doves. Il avait été une des gagneuses de Glad. Ça remontait à sept ans, quand Stacey était mince et souple comme une biche. En essayant de me représenter Stacey avec des cheveux, j'arrivais seulement à visualiser un hérisson.

— Stacey faisait craquer bien des hommes, c'était une jolie pouliche, dit Glad. Un jour, un jeune mec s'est payé une passe avec elle et il est tombé amoureux. Il l'a enlevée pour l'épouser. (Il soupire.) Eh ben, moins d'un mois après, Stacey est revenue tout amochée, en larmes, disant que son mari l'avait renvoyée. On l'a recueillie et tout est rentré dans l'ordre. (La voix de Glad se brise.) Peu après, mes filles ont commencé à être malades. Vomissaient de la bile, les yeux roulés en arrière, aboyaient comme des chiennes, parlaient des langues étrangères. Les gens disaient que le Doves était maudit. Que ma magie était malfaisante.

« Finalement, j'ai fait venir un vieux sorcier choctaw. Il a regardé les filles, il a regardé leur urine bleue et il a pigé. Elles étaient empoisonnées. Quelqu'un leur faisait absorber de l'os de pénis de raton broyé. (Il hoche la tête.) Il m'a pas fallu plus cinq minutes pour soupçonner Stacey. Je l'ai espionnée et je l'ai vue, assise dans sa roulotte, verser de la poudre de bite dans le rouge à lèvres liquide que toutes les gagneuses lui achetaient pour sa luminosité magique. Moins d'un quart d'heure plus tard, j'ai découvert que son mari, qui voulait faire le maquereau, essayait de se placer sur le marché.

Glad grince des dents et continue :

— Il rachetait tous les ratons tirés à la chasse ou écrasés sur la route d'ici jusqu'en Louisiane. Je lui ai pas dit que j'avais découvert sa combine. J'ai juste persuadé mes filles de laisser tomber le rouge à lèvres et j'ai fait un petit cadeau à Stacey, une boîte de galettes, les meilleures du pays. Elle s'est pas fait prier pour les boulotter. Jusqu'à la dernière miette. (Il claque dans ses mains.) Enfin, bref, y avait dans ces galettes divers ingrédients de mon sorcier, et je pense à dire que j'avais mis la dose. Ça lui a fait pousser des couilles de taureau ! (Il se marre.) Et je l'ai rendue à son mari qui, du coup, pouvait plus faire semblant que sa femme était pas un homme, comme il faisait avant, à ce qu'on m'avait dit. Voilà comment je connais Stacey et voilà comment j'ai réglé le compte de Le Loup, son mari.

Il se frotte les mains comme pour les épousseter.

— C'est à cause de ça que Le Loup fait tout un cinéma pour prouver sa virilité avec ses gagneuses. Ça vient de là, son cérémonial à la noix. Je regrette tu aies eu à subir ça.

Je lui dis pas que, en vrai, j'y ai échappé. J'ouvre pas beaucoup la bouche, d'ailleurs, sauf pour demander un petit pot de colle à godasses ou peut-être un petit cruchon de cordial.

Je reste couché un mois pour récupérer. Je me repose dans la roulotte de Glad et je me graisse la panse avec les soupes médicinales spéciales gourmet de Bolly. Mes cheveux repoussent, je les sens rebiquer sur mes oreilles pour la première fois depuis un an.

Pie et Sundae viennent m'apporter des bouquins et me tenir compagnie avec des histoires rigolotes sur leurs derniers michetons.

Mais, chaque fois que je demande après Sarah, elles trouvent le moyen de changer de sujet.

Enfin, une nuit, quand je me sens assez requinqué, je me faufile par la fenêtre et je cours jusqu'au vieux Hurley Motel. Planté devant la porte de notre piaule, j'examine les différentes traces de coups de pied. Je reconnais les miennes, mais y en a d'autres aussi, des nouvelles. Je colle mon oreille contre la lourde pour essayer d'entendre la respiration de Sarah. Toutes les fibres de mon corps l'appellent, lui disent que je suis rentré. C'est comme si on était deux aimants séparés par une planche. Finalement, je frappe. Pas de réponse. Je sonne.

J'entends une voix d'homme, puis une voix de femme, douce et assourdie. Je sonne encore, plus longuement, puis je me mets à cogner dans la porte, à coups de pied, à coups de poing. Enfin, un mec vient ouvrir et je m'engouffre dans la chambre. Notre chambre. Je fonce sur le lit où elle est couchée, sous les couvertures.

J'entends le mec gueuler derrière moi, mais je m'en fous, je soulève les couvrantes, je grimpe dans le pieu et je me blottis tout contre ma mère, nue.

J'entends pas ses cris, je me serre contre elle jusqu'à ce que le mec vienne m'alpaguer pour m'arracher du page et me balancer contre le mur. Et il me laboure les côtes et j'appelle ma mère, qui est là, dans le lit, tout près, je crie maman, maman, maman !

Je me réveille sur la paillasse d'une cellule de prison. Je me sens comme un tas d'os pêle-mêle.

— Ça va, ils ont retiré leur plainte, Glad, vous pouvez le récupérer.

La porte de la cellule s'ouvre et voilà Glad. Il me

regarde avec une tristesse qui me brûle comme une fièvre.

— Elle est partie, il dit finalement.

— Je sais.

Je mate la peinture du plafond qui s'écaille.

— Elle est partie avec Mama Shapiro, ça doit bien faire dix mois. Personne a eu de leurs nouvelles depuis.

J'acquiesce.

— Elles sont allées en Californie, c'est tout ce que je sais.

— Elle a toujours dit qu'elle irait en Californie.

Je bouge la tête pour observer la fente rectangulaire de la fenêtre au milieu du mur de la cellule. Elle a des gros barreaux de fer rouillés et une vitre épaisse.

— Ça marchera pas, il dit en regardant ses pieds, tu peux plus travailler pour moi. T'as changé de catégorie maintenant.

J'acquiesce.

Je me demande comment ces petits rayons de lumière trouvent le moyen d'entrer jusqu'ici.

— Mais tu peux rester chez moi aussi longtemps que tu veux.

J'acquiesce.

Je lève les mains vers la fenêtre.

— Tiens, il me dit, Norm a trouvé ça dans son camion. C'est ton os.

Il se penche et le pose dans ma main levée.

Je le remercie d'un signe de tête.

— Ça marchera pas.

— Je sais, je dis en gardant le bras levé.

— Tu lui ressembles beaucoup, pourtant.

Il sourit, une manière de me consoler avec un compliment qui, on le sait tous les deux, n'en est pas vraiment un.

— Je sais, je dis. Je le sens. Je me sens comme elle.

Je raidis le bras en serrant l'os dans mon poing et je regarde la lumière danser sur le bout de mes doigts.

Impression réalisée sur Presse Offset par

BRODARD & TAUPIN

GROUPE CPI

La Flèche (Sarthe), 23171
N° d'édition : 3587
Dépôt légal : avril 2004

Imprimé en France